KB093945

엄마, 심장 따라서 가!

엄마, 심장 따라서 가!

입법노동자 강선우가 꿈꾸는 모두의 내일

강선우

메디치

프롤로그

"그 오빠, 어디가 그렇게 좋아?"

"오빠는 한 쪽 팔이 불편해. 그런데, 다른 한 팔로 농구공을 던질 수가 있어. 너무 너무 멋있어!"

찹쌀떡같이 하얗고 통통한 볼이 안경 아랫부분에 닿은 채, 오빠 생각에 꿈꾸듯 눈을 반쯤 감은 채로 녀석이 답했다. 참으려 해도 터져 나오는 웃음이 복숭앗빛 같다.

"멋있네, 이 그림은 제목이 뭐야?"

"시즌스(Seasons)."

"계절? 근데 색깔이 다섯 갠데?

"파이브 시즌스(Five seasons)."

다섯 줄의 색을 그려놓고 계절이라는 게 의아해서 묻자, 아이는 나를 보며 그것도 모르냐는 듯 타박하며 말했다. 일 년이 사계절이라는 나의 편견을 깨고선 만족한 듯, 어깨를 으쓱거리며 얄밉게도 활짝 웃는 녀석.

지나가는 말로 대수롭지 않게 질문 하나를 던지면, 곰곰이 곱씹으며 돌아보게 될 열 가지 답을 주는 내 인생의 영원한 친구. 바로 딸아이다.

누구에게나 그런 날들이 있다. 젖은 빨래를 겹겹이 목에 걸고 있는 것 같은 날. 키보드를 한참 두드리다 문득 이게 다 무슨 소용인가 싶어 눈물 나는 날. 쉴 새 없이 울리는 휴대폰 알람만 봐도 울컥 화가 터져 나오는 날. 그런 날, 급히 찾게 되는 진통제가 내겐 저 대화들이다.

스무 살. 아직은 돈 세기에 익숙하지 못하고, 한글도 여전히 어렵고, 덧셈 뺄셈에 열 손가락이 다 동원되어야 하지만 사계절을 다섯 색으로 표현하는, 모든 존재를 있는 그대로 긍정하는, 누구보다, 그 누구보다, 세상을 아름답게 읽는 내 아이.

느리지만 언젠가 돈을 수월하게 세게 될 것이고, 한글도 조금은 더 쉬워질 것이고, 덧셈과 뺄셈에 손가락을 동원하지 않게 될. 그리고 그날에도 여전히 누구보다, 그 누구보다, 세상을 아름답게 사랑할 내 아이.

정치를 결심하고, 한국에 돌아오고, 출마하고, 선거를 치르고, 국회에 입성했다. 결심을 망설이는 내게 "Follow your heart!"라고 외쳐준 아이. 그 긴 여정 동안 이처럼 내 아이는 나에게는 초심이자, 나침반이자, '가장 좋은 친구'다. 나를 더 좋은 사람으로, 또 더 나은 정치인으로 살아가게 만드는. 그래서 이 팍팍한 정치권, 날 선 대화가 오가는 전쟁터 같은 곳에서 내 아이와의 대화를 진통제로 삼아 오늘을 버티고 또 내일을 살아낸다.

내 아이가 나에게 가르쳐준 다섯 계절처럼 모두가 자신이 가진 색깔 그대로 오롯이 살아갈 수 있도록, 자신이 선택하지 않은 조건과 상황들로 인해 그 누구도 차별 받지 않기를, 또 고통 받지 않기를 바라는 마음에 진심을 담는다. 그렇게 서로의 온기를 나누는 법을 만들고 예산을 챙기고자 정부와 반드시 해야만 하는 씨름을 한다.

이 책의 저자는 나이지만, 이 책의 주인공은 내가 아니다. 이처럼 내 마음을 끊임없이 움직이는 '내 친구' 딸아이이자, 또 그 아이와 꼭 닮은 발달장애인 친구들. 또 내가 정치인으로 더 좋은 정치를 할 수 있도록 함께 싸워준 자립준비청년, 시각장애인, 혈우병 환아와 부모님이다.

남루한 이 글을 읽다 그만두신 분들도, 마지막 끝 페이지까지 책장을 다 넘겨주신 분들도, 이 책을 손에 쥐셨던 모든 분들이 '이 책의 주인공들을' 기억해주시길. 그래서 책을 덮고 우리 사회 곳곳에서 '이 책의 주인공들을' 만나게 되었을 때, 그 대함이 조금은 덜 어렵고 조금은 덜 불편하실 수 있길.

더 나아가 조금 더 욕심을 내자면, 무릎이 툭 꺾이는 날에 떠올릴 수 있는 '진통제 같은 행복한 에피소드'도 얻으시길 희망한다. 그러면 우리는 서로가 가진 크고 작은 장애와 이로 인해 마주하게 되는 사회적 차별을 넘어 더 자주, 또 더 많이 만나며 어울리는 세상에서 살 수 있지 않을까?

책이 나오기까지 많은 분께서 애를 써주셨다. 내가 아는 모든 분께, 또 내가 미처 모를 지지자 한 분 한 분께 진심 어린 감사의 인사를 드린다.

2023년 9월
국회의원회관 738호에서
강선우

이 세상에 누가 나를 이토록 보고 싶어하고
기다리고 반가워할까. 온 마음으로, 힘껏,
엄마를 사랑하고 그리워하는 모든 아이들에게,
그리고 그 사랑을 오롯이 받아내느라
때로는 참 힘들 모든 엄마들께 이 책을 바칩니다.

추천의 글

소아정신과 의사로서 발달장애를 가진 소아와 청소년 환우들을 만나면서, 그 가족이 겪는 어려움과 걱정을 누구보다 많이 느끼고 알고 있다고 생각했다. 그러나 《엄마, 심장 따라서 가!》를 읽으며 여전히 내가 그분들의 마음을 온전히 이해하고 받아들이지 못했다는 생각이 들었다. 각 환아들이 가진 고유한 특성과 각기 다르게 흐르는 시간표를 인정하며 있는 모습 그대로를 존중하는 일은 특히 어렵다. 하지만 저자는 이 어려운 일을 '우리 사회가 함께 만들어가보자'라고 용기내어 말한다. 책 구석구석 담긴 소소한 일화들이 주는 감동 또한 그 울림이 크고 묵직하다.

― **김붕년** (서울대학교어린이병원 교수)

추천의 글

다운증후군의 청년 나의 딸 은혜. 사회에서 밀려나 모든 구성원으로부터 완전히 무시당하는 것, 그것보다 더 잔인한 벌은 생각할 수 없을 것이다. 하등한 인간에게 보내는 차가운 눈빛을 느끼는 일상이 반복적인 경험으로 쌓이며 마음에 병을 가지게 되는 것이 오늘날 한국의 현실이다. 사람들의 마음 속에는 어떤 '선'이라는 것이 그어져 있는 듯했다.

지난 시간 주변인으로만 살아왔던 그는 이제 일정한 관습과 특정한 체계에서 벗어난 방식으로 그림을 그리며 자신있게 자신의 삶을 살아가고 있다. 결코 하루아침에 온 오늘은 아니었다. 참 오랜 시간이 걸렸지만, 그들이 품은 힘으로 사는 '멋진 삶'은 가능하다.

물론, 엄마인 나는 여전히 파김치가 된 채 12시가 다 되어 귀가를 한다. 발달장애 부모들이 원하는 평범한 일상, 강하지 않아도 되는 하루, 어딘지 모를 끝을 향해 질주하는 기분을 느끼지 않는 매일, 이 모든 것이 아직 먼 미래처럼 느껴질 때가 많다.

어떤 지인이 내게 말했다. "발달장애아이 키우는 엄마들은 다들 너무 불쌍해." 그런데 열심히 사는 우리는 왜 불쌍한 걸까? 결국 사회가 만들어낸 잘못된 인식과 구조가 불행과 불안의 악순환을 만들어낸 탓 아닌가.

저자의 시선은 그곳에서 시작한다. 이 글을 읽으며 느슨하고 허술한 우리 사회의 안전망을 촘촘히 메우는 일, 그 일의 중요성과 필요성을 다시 한번 절감한다.

척박하고 참혹한 투쟁의 현장에 '정치의 깃발'을 들고 돌아온 입법노동자 강선우를 두 팔 벌려 환영하며, '따뜻한 돌봄 공동체'를 향한 저자의 도전이 반드시 성공하기를 빈다.

— 장차현실(작가)

차례

사랑할 시간이 많지 않다

지영이와 아버지를 연이어 떠나보내고 2년,

봄 여름 가을 겨울이 두 차례 지나갔지만

내겐 그냥 기나긴 상실의 계절이었다.

황량한 겨울이 지나야 새로운 봄이 싹트듯,

캄캄한 터널 같은 시간들을

겨우겨우 살아내니 마음속에서

뭔가 움트기 시작했다.

굿바이 얄리

굿바이 얄리 너의 조그만 무덤가엔 올해도 꽃은 피는지

굿바이 얄리 이젠 아픔 없는 곳에서 하늘을 날고 있을까

굿바이 얄리 언젠가 다음 세상에도 내 친구로 태어나줘

– <날아라 병아리> 신해철 작사, 작곡

故 신해철 씨의 <날아라 병아리>를 처음 듣던 순간, 마음이 울렁거렸다. 지금도 봄날의 교문 앞에선 개나리보다 더 노란 작은 솜뭉치들이 자신을 데려갈 아이들을 기다리고 있을까.

초등학교 3학년쯤이었을까? 학교가 끝나고 삼삼오오 집을 향해 가던 아이들이 하나같이 약속이나 한 듯 교문

앞에 멈춰 섰다. 가방을 멘 아이들이 빼곡하게 둘러선 풍경 사이로 '삐악삐악, 삐악삐악' 작은 생명의 소리가 들렸다.

낡고 누런 상자에 담긴 노란 병아리들. 그 앞에는 제대로 된 의자도 없이 바닥에 앉아있는 할머니가 계셨다. 흔히 '몸빼 바지'라 칭하는 꽃무늬 일복을 입은 할머니의 얼굴은 환한 햇살 아래서도 왠지 추워 보였다. 할머니 다리 아래에 덩그러니 놓인 상자에 담긴 채 울고 있는 병아리들도 추워 보이긴 마찬가지였다. 낯선 환경이 두려운 건지 병아리들은 상자 한쪽 구석에 오글오글 모여 있었다. 그 작은 생명이 '삐악삐악' 힘차게 울어대는 소리가 마치 '나 좀 데리고 가줘'라는 호소 같았다.

친구와 함께 아이들 사이를 비집고 들어가 노란 병아리를 들여다보았다. "사고 싶다." 친구가 말했다. 나도 같은 마음이었다. 하지만 집에 데리고 가면 분명 엄마에게 혼날 텐데. 한번 만져만 볼까?

"만져봐도 돼요?" 할머니에게 묻고 두 손으로 조심스레 감싸 안아보았다. 보드라운 노란 털과 손바닥 위에 놓인 그 작디작은 발의 감촉이 낯설었다. 자그마한 생명체여도 생명만이 가질 수 있는 온기가 고스란히 느껴졌다.

'병아리가 따뜻해!'

데려가고 싶은 마음은 커지는데 혼날 건 분명하고 어떡해야 할까 망설이는데 퉁명스러운 할머니의 목소리가 들린다.

"살 거야? 아니면 내려놓고."

할머니의 재촉을 핑계 삼아 결정을 내렸다.

"한 마리 주세요."

200원쯤 했던가. 병아리를 다시 내려놓고 지갑에서 돈을 꺼내 건네드렸다. 할머니는 병아리를 꺼내 검정 봉지에 넣고 좁쌀도 몇 개 담아주셨다. 한 생명의 가격이라기엔 과자 한 봉짓값에도 미치지 못해서 그랬을까. 병아리를 다루는 할머니의 손길은 사뭇 거칠었다.

혹시나 병아리가 숨을 쉬지 못할까 걱정스러워 봉지를 묶지도 못하고 입구만 살짝 쥔 채 조심조심 집으로 데리고 갔다. 엄마에게 들키지 않으려면 어떻게 해야 할까 온갖 궁리를 하면서.

집에 도착해보니 엄마가 안 계셨다. '다행이네~' 크게 한숨을 쉬며 봉지를 방으로 가지고 들어갔다. 창고를 뒤져 병아리를 키울 작은 상자를 꺼냈다. 물그릇으로 쓸 만한 병뚜껑도 찾아 물도 담아주었다.

"크게 울면 안 돼, 조용히 있어야 돼." 노란 솜털이 부드러운 병아리를 두 손으로 가만히 안아 올려 눈을 마주치며 당부도 해본다. 오빠와 나, 2남매 중 둘째였지만 집에서 제일 막둥이라 늘 엄마와 아빠의 잔소리만 들었는데 갑자기 작은 병아리의 먹이를 챙겨주고 똥도 치우게 되니 뭔가 어른이 된 것 같은 기분이었다. 분명 조용히 있으라고 했는데 쉼 없이 삐악거리는 병아리에게도 "언니 말 잘 들어야지."라며 통하지도 않을 훈계를 해보기도 했다.

이왕 언니가 된 거 병아리에게 이름도 지어주기로 했다. 뭐 좀 그럴싸한 이름이 없을까 싶었지만 삐악대니까 삐악이가 어울릴 듯했다.

"삐악아~ 엄마한테 들키면 큰일 나. 가만히 있어."

부탁에 부탁을 거듭하면서 혹여나 들킬세라 병아리 상자 위를 검은 봉지로 덮고 책상 아래로 밀어 넣었다.

커다란 닭이 그렇듯 물을 먹고는 고개를 올려 물을 삼키던 삐악이. 가끔은 나도 날개가 있다는 듯 살짝 날갯짓하는 모습이 귀여워 첫날밤은 거의 잠도 자지 못했다. 학교에 가서도 혼자 두고 온 삐악이가 울어서 엄마한테 들키면 어쩌나 수업 시간 내내 걱정스러웠다.

학교가 끝나고 부리나케 집으로 달려왔다. 다행히 엄마는 내 방에 들어가시진 않았는지 별말씀이 없으셨는데, 정작 삐악이의 기척이 좀 이상했다. 잘 움직이지도 않고 조는 듯 눈을 감고 가만히 웅크리고 있었다. 어제와 달리 소리마저 별로 없었다. '배가 고픈가?' 빵 부스러기도 새로 줘보고 물도 갈아줘 봤지만 나아지지 않았다.

저녁이 될수록 움직임이 없던 삐악이는 어느 순간 눈을 감았다. 두 손 위에 올려 들어도 더는 울지 않았다. 내 심장까지 함께 두근거리게 하던 작은 심장의 팔딱임도, 따뜻한 온기도 사라졌다. 내 생애 첫 번째 이별이었다.

눈물이 쏟아졌다. 엄마한테 들킬까 봐 상자 위쪽을 덮어서 숨을 잘 못 쉰 건 아닐까. 그래서 오래 못 산 게 아닐까. 밥을 너무 많이 주거나, 너무 찬물을 준 건가. 죄책감이 밀려왔다. 어제까지만 해도 살아있던 녀석이 이렇게 죽다니. 내가 맞닥뜨린 현실이 현실 같지 않았다.

엄마 몰래 입을 틀어막고 한참을 울고 나니, 삐악이를 잘 보내주어야겠다는 생각이 들었다. 마당의 제일 끝 담벼

락 아래 땅을 팠다. 혹시나 강아지가 와서 무덤을 뒤질까 봐 걱정되어 내가 할 수 있는 최대한의 깊이로 흙을 퍼냈다. 다음 세상에서는 아주 오래오래 건강하게 살라고 기도하며 묻어주었다. 겨우 이틀, 그 짧은 생이 안타까워서 자꾸 눈물이 났다.

그렇게 울면서 삐악이를 보내놓고도 나는 교문에서 병아리 할머니가 보일 때면 발걸음을 멈추고 잠시 고민하다 또 다른 삐악이를 데리고 왔다. 매번 낡고 누런 상자에서 몸을 웅크린 채 울고 있는 삐악이 친구들도 안쓰러웠고, 그 병아리를 다 팔고 나서야 집에 가실 할머니도 안타까웠다.

단 한 번도 친절한 적이 없는 할머니였지만 그 행동마저도 이해가 될 것 같았다. 어차피 죽을 병아리를 아이들에게 파는 일이 썩 내키지 않지만 호구지책으로 병아리를 계속 팔아야 하니 힘들어서 그러셨을 거라고. 그냥 할머니의 마음을 알 것 같았다.

데리고 가봐야 어차피 마지막이 예정된 병아리였지만, 그 친구에게도 따뜻한 추억을 주고 싶었다. 단 며칠이라도 포근한 손수건 침대 위에 머물게 해주고, 맑은 물도 마시게 해주고, 그렇게 사랑받는 공간에서 머물다 가게 하고 싶었다.

가끔은 스스로도 궁금하다. 어린 나이에 할머니의 지친 표정을 읽어내던 그 마음이 어디서 왔는지. 그래도 다른 사람의 마음을 읽으려는, 또 정확하게 보려는 노력과 소질 아닌 소질이 있었기에 내성적이고 말 없던 내가 국회의원이 될 수 있었고 씩씩하게 사회적 약자들의 삶을 위한 정책을 추진할 수 있는 것 같다.

살다 보면 감정도 무뎌지고 슬픔도, 눈물도 메마른다지만 더 어렵고 더 힘든 이들의 삶을 들여다보고, 그들의 목소리를 듣고, 내 심장 한 켠 내어 나누는 일만큼은 무디지 않게 하고 싶다. 그리고 무뎌지지 않게 '부드러운 심장'을 부지런히 숫돌에 갈아갈 것이다.

책 속에서 길을 찾다

취미나 여가를 물으면 '독서'라고 답하는 분들이 참 많다. 누군가는 책에서 길을 찾았다고도 하고 책을 읽은 reader 가 leader가 되는 거라고도 말한다. 그래서 "어릴 때 뭐 좋 아했어요?"라고 누가 물어보면 "책 보는 거요."라고 답하 기가 좀 쑥스럽다. 그래도 나는 책이 좋았다. 조용하고 말 없는, 몸 쓰는 일에도 영 재능이 없는, 그래서 밖에서 뛰어 노는 것에 약했던 내게 잘 맞는 놀이는 독서였다.

책마다 제각기 다른 종이의 촉감도 좋아했고, 책장을 넘 기는 소리도 좋아했고, 책에서 나는 쿰쿰한 종이 냄새도 좋아했다.

집집마다 백과사전을 들여놓는 게 유행이던 시절이었

다. 아이보리색 하드커버로 된 백과사전을 열면 세상이 그 안에 다 들어 있는 듯했다. 군데군데 컬러사진도 인쇄되어 있었으니. 글자를 모르던 시절에는 사진을 보는 재미로 사전을 펼쳤다. 글자를 깨치고 난 다음에는 궁금한 게 있을 때, 숙제를 하다가 뭘 찾아봐야 할 때, 그때그때 다양한 이유로 사전을 펼쳤다. 딱히 궁금한 게 없을 때도 백과사전을 펼쳐 세상의 온갖 정보와 지식을 만났다. 가끔은 친구와 사전으로 놀이도 했다. 아무 장이나 펼쳐 그림이 더 많이 나오는 사람이 이기는 게임.

백과사전 다음으로 나를 사로잡았던 건 위인전이었다. 퀴리 부인, 파브르, 링컨, 안데르센… 수많은 위인들의 삶은 어린 나에게도 퍽 인상적이었다. 위인전의 서사라는 것이 대개 저마다 역경이 있고 그것을 극복하는 뻔한 것이었지만 나와 다른 시간, 다른 공간에 살았던 한 사람의 인생을 만나는 일은 언제나 흥미로웠다. 특별히 마음을 사로잡은 위인에 대해서는 그가 사는 나라도 한번 찾아보았다. 지구본을 휙 하고 돌려 퀴리 부인의 출생지라는 폴란드 위치도 확인해보고, 그 시절 유행했던 만화 《먼 나라 이웃나라》 시리즈에서 퀴리 부인이 인생의 대부분을 보낸 프랑

스편을 찾아 읽기도 했다. 또 사진 속의 퀴리 부인을 보면서 그녀의 삶을 상상해보기도 했다. '그 시절에 여성과학자로 사는 일은 어떤 것이었을까' 하고.

백과사전과 위인전의 시절을 지나 나를 사로잡은 건 시집이었다. 미처 보지 못하는 일상의 소소한 진실을 압축적으로 담아내는 문장이 인상적이었다. 그 시절 내가 사랑했던 시인 중 한 사람이 바로 도종환 의원이다. 지금은 너무도 유명해진 시 〈흔들리며 피는 꽃〉도 참 좋아했다. '흔들리지 않고 피는 꽃이 어디 있으랴'라는 시구에서 큰 위로를 받았다.

부모님 말씀도 선생님 말씀도 어기는 일 없이 늘 바른 모범생으로 살았지만 그렇게 사는 게 실은 무척 고단했던 것 같다. 과제가 있으면 늘 며칠 전에 해두었고, 시험이 있으면 2~3주 전부터 계획을 세워놓고 공부했다. 학교에서 집에 돌아오면 책가방을 정리해놓고, 저녁이면 일기를 쓰고 잠옷을 갈아입고 시간 맞춰 잠자리에 들었다.

그렇게 성실한 게 기본값이라 그런지 좋은 성적을 받아도, 학교에서 상장을 받아와도 부모님의 칭찬을 크게 받진 못했다. 아버지, 어머니 모두 표현이 많지 않고 말씀도 많지 않은 분들이었다. 지금은 이해되는 일이지만 사춘기 시절엔 그게 조금 서러웠다.

그래서였을까. 백석 시인의 〈흰 바람벽이 있어〉 속 '나는 이 세상에서 가난하고 외롭고 높고 쓸쓸하니/살어가도록 태어났다'가 마치 내 이야기 같았다. 사춘기 시절 괜히 울적해지는 마음에 잘 스미는 문장이었다.

대학 때 만난 이상국 시인의 시 〈국수가 먹고 싶다〉도 참 좋았다.

세상은 큰 잔칫집 같아도

어느 곳에선가

늘 울고 싶은 사람들이 있어

마음의 문들은 닫히고

어둠이 허기 같은 저녁

눈물자국 때문에

속이 훤히 들여다보이는 사람들과

따뜻한 국수가 먹고 싶다.

* 이상국, 《집은 아직 따뜻하다》 중 〈국수가 먹고 싶다〉 (창비) (1998)

고등학교 3년 입시 공부하느라 마음이 힘겨울 때면 좋아하는 시집을 찾아 펼쳐보곤 했다. 딱히 뭐라 꼬집어 말하기 어려운 마음의 허기가 이런 시구 속에서 채워지는 것 같았다. 시가, 소설이, 노래가 사랑받는 이유가 이런 것 아닐까. 심장 사이로 부는 바람을 조금 막아주는 듯한.

요즘은 책을 읽을 시간도 많지 않고 책을 읽어도 머리에 남는 것보다 기억나지 않는 게 더 많다. 그런데 누군가 독서에 대해서 이렇게 얘기해준 게 위안이 되었다.

"어릴 때 콩나물 키우는 거 봤어요? 시루에 콩을 넣고 매일 물을 줘도 시루 밑으로 쪼르르 다 빠져요. 그런데 물이 다 빠지는 거 같아도 남는 게 있어서 콩이 그 물을 먹고 무럭무럭 자라요. 독서도 그래요. 다 기억하지 못해도 마음에 남아요. 그러니까 기억 안 난다고, 읽어봐야 소용없다고 하지 말고 많이 보세요."

그 시절 내가 읽었던 책의 내용이 전부 다 구체적으로 기억나진 않는다. 하지만 어린 시절 감명 깊게 본 위인들의 삶의 자세며 더 좋은 세상을 위한 헌신이 은연중에 내 마음에 스며들었을 것이다. 외롭고 쓸쓸한 존재들을 잘 발견해내는 시인들의 따뜻한 눈길에서 사회적 약자들의 삶,

그 삶의 고단함을 읽었을 것이다. 그러고 보면 책이 내 인생의 나침반이었다는 생각이 든다.

미국에서 학업과 육아를 병행하던 시절, 주말이면 동네 도서관을 찾았다. 기본적으로 도서관은 책을 만나는 곳이지만 어린이들을 위한 놀이의 공간이며 어른들을 위한 배움의 공간까지 마련되어 있어서 지역주민들의 좋은 쉼터가 됐다. 그곳에서 딸아이는 다른 비장애인 친구들과 만나 어울릴 수 있었고, 나는 주위 이웃들과 편하게 인사를 나눌 수 있었다. 그때나 지금이나 말하기 좋아하는 딸은 종알종알 처음 보는 주민들에게도 말을 붙여서 이쁨을 받았고, 그렇게 안면을 익힌 이웃들과는 일상의 소소한 이야기들을 나눴다. 도서관이라 부르지만 지역주민들이 운동도 할 수 있고 예술작품도 만날 수 있고 어느 때나 자유롭게 모여 소통할 수 있는 커뮤니티였다.

몇 년 전 텔레비전 뉴스에서 덴마크 코펜하겐의 '사람도서관' 이야기를 본 적이 있다. 책이 아니라 사람을 빌려 그들의 인생 이야기를 듣는 곳이었다. 이 '사람도서관'을 만든 창립자 로니 에버겔Ronni Abergel은 "진정한 독서란 다름 아닌 대화"라며 '사람도서관'이 다양성을 탐구하는 공간이

자 기회의 공간이라고 말했다. 평소에 만나지 못했던 다양한 계층과 연령의 사람들과 교류하면서 서로 다른 삶의 방식을 배우고 스스로 알아차리지도 못하던 편견을 깰 수 있는 공간이라는 것이다. 단순히 책을 보고 공부하는 도서관에서 벗어나 사람과의 만남과 소통이 있는, 따뜻한 동네 사랑방 같은 도서관이 우리나라에도 많아지면 좋겠다.

요즘도 가끔 시집을 펼쳐보곤 하지만 내가 가장 열심히 읽어야 하는 건 사실 국민들의 마음일 것이다. 그 마음을 읽는 일이 쉽지는 않겠지만 어려운 책도 읽고 또 읽다 보면 그 뜻이 헤아려지듯 더 부지런히 뛰면서 만나다 보면 그 읽음의 기술과 진정성이 조금씩 나아지고, 깊어지지 않을까.

내 친구 권지영

책을 준비하느라고 글을 쓰기 시작한 봄, 벚꽃이 유난히 이르게 그리고 참 예쁘게도 피었다. 여의도에 머물면서 가장 즐거운 시절은 벚꽃이 만개하는 무렵, 강 건너에서 보면 벚꽃이 마치 연분홍 리본처럼 여의도 주변을 감싼 채 피어나는 순간이다. 이런 봄날에는 일부러라도 벚꽃을 볼 수 있는 방향의 식당으로 나가 점심을 먹고 돌아온다. 잠시라도 벚꽃 그늘 아래를 걸어보려고, 그 길 아래를 거니는 꽃보다 환한 사람들의 웃음을 보려고.

꽃이 만개한 거리를 거니는 사람들은 대개가 연인 아니면 가족일 것이다. 아름다운 풍경을 보면 떠오르는 얼굴이 바로 우리가 사랑하는 사람이라고 하던가. 그래서 봄날의 벚꽃 아래에는 사랑하는 이들의 웃음이 가득한 게 아닐까 싶다.

나 역시 환한 벚꽃 아래를 걸을 때면 분홍 벚꽃만큼이나 발그레하고 통통한 얼굴이 귀여웠던, 나를 가장 사랑해주고 내가 가장 사랑했던 친구 권지영이 떠오른다.

'우리 학교에 배꽃이 있다는데 저게 배꽃인가?'

지금 생각해보면 하얀 벚꽃을 보며 우리는 저게 배꽃인가 고개를 갸웃했던 것 같다.

배꽃이 많이 피어서 이화梨花라는 이름을 갖게 됐다는 이화여대, 그 봄날의 캠퍼스에서 지영이와 처음 만났다. 처음 홀로 살게 됐던 때, '이제 진짜 어른처럼 혼자 사는 건가?' 약간 흥분되기도 하고 두렵기도 했던 그때, 지영이는 마치 내 보호자나 언니 같았다.

우리가 처음 서로의 존재를 알게 된 건, 당시에는 외국어교육과(입학 이후 영어교육과로 아예 분리가 되었다) 영어전공 학생들만 모여 3박 4일로 떠난 MT에서였다. 강선우와 권지영, 가나다순으로 학번이 매겨지다 보니 지영이와 나는 같은 조로 분류되어 있었다.

"지금부터 MT기간 중에는 서로 한국말 쓰지 말고 영어로만 대화하세요! 앞으로 전공할 언어에 익숙해질 시간이 필요합니다."

교수님의 그 말에 나도 모르게 음소거된 채 불평이 튀어나왔다. 그도 그럴 것이 우리 학년 영어교육과 60여 명의 신입생들은 대부분 외국에서 살다 온 친구들이었다. 물론 나도 어릴 적 잠시 호주에 머문 경험이 있었지만, 영어권 국가에서 오래 세월을 보내고 중고등학교를 나온 친구들과는 차이가 날 수밖에 없었다. "뭘 또 영어만 쓰래." 투덜거리다 반짝 눈이 마주친 친구가 지영이었다.

처음 서로를 바라보던 순간, 나의 투덜댐에 무조건 동조해주었던 것처럼 지영이는 언제나 완벽한 내 편이었다. 우리는 대학 4년 내내 강의 시간에도, 공강 시간에도 붙어 다녔다. 심지어 소개팅을 나가면 건너편 테이블에 앉아 상대를 은밀히 살펴보기도 했다.

"맘에 들면 파르페 시키고 맘에 안 들면 콜라 시켜." 둘만의 암호 같은 것도 정해가면서 서로의 연애를 응원하기도 하고, 그 남자는 아닌 것 같다며 반대하기도 했다. 지영이처럼 나를 잘 아는 친구가 세상에 또 있을까? 아리스토텔레스의 말처럼 지영이와 나는 '두 개의 몸에 깃든 하나의 영혼' 같은 둘도 없는 단짝이었다.

지영이는 내가 어떤 이야기를 하든 "맞아 맞아, 그치 그치." 맞장구부터 쳐주고 들어준다. 남편과의 사이에서 사소한 트러블이 생겼을 때, 딸아이를 키우면서 문득문득 마음이 무너져 내릴 때, 먼 타국에서 유학하면서, 교수로 일하면서 동양인을 무시하는 동료 교수의 냉랭한 눈빛을 마주했을 때, 나는 늘 지영이를 생각했다. 물먹은 솜처럼 무거운 몸으로 집에 들어오면 전화부터 걸었다. 지영이의 목소리, 무조건 내 편을 들어주는 조금 빠르고 높은 그 목소리는 더없는 위로였다. 조용한 성격이라 고등학교 시절까지 친구와 많은 추억을 쌓지 못한 나에게 지영이는 초중고 12년의 외로움을 보상해주고도 남는 존재였다.

늘 부정적인 것보다 긍정적인 걸 먼저 보고 웃음 포인트를 잘도 찾아내던 지영이. 낙엽 구르는 것만 봐도 까르르 웃는다는 사춘기 소녀처럼 아무 때나 참 잘 웃었다. 처음에는 "저게 웃겨?" 하던 나도 깔깔대며 웃어대는 지영이를 보고 있자면 따라 웃지 않을 도리가 없었다. 그 해맑음이 부러웠고 같이 다니다 보니 그 밝음이 조금씩 내 마음에 스며들어 나도 한결 명랑해졌다.

무엇보다 지영이는 나의 기쁜 일에 나보다 더 기뻐해주는 사람이었다. 육아로 쉽지 않은 시간을 보내는 와중에 박사학위를 땄을 때, 나보다 더 크게 기뻐하고 환호한 건 지영이였다. 살면서 슬픔을 나눠주는 이보다 더 소중한 게 기쁨을 나눌 사람이다. 나의 성취나 행복에 단 한 치의 부러움이나 시기심 없이 오로지, 또 오롯이 축하만을 보내줄 수 있는 사람이 가족 외에 몇 사람이나 있을까? 내가 기쁘든, 슬프든 온전히 그 마음에 자신의 마음을 포개어주는 친구였다.

친구親舊라고 말할 때의 그 친親은 나무木가 자라서 우뚝 서는立 과정을 곁에서 지켜본다見는 의미를 담은 글자라고 한다. 부모가 자식木이 자립立할 수 있도록 사랑으로 돌본다는 의미를 갖는 글자가 친親이다. 이런 친親자에 오래라는 의미의 구舊까지 더해진 것이 친구다. 아침부터 저녁까지 나의 일과가 시작되는 순간부터 잠자리에 들 때까지 매일매일 전화와 문자로 배웅해주고 마중해주던 친구. 지영이 하나만으로도 나는 충분히 인복이 넘치는 사람이었다.

* * * *

"'이 수업이 내가 앞으로 직장을 구하는 과정에서 구체적으로 어떻게 도움이 될까요?' 오늘 수업을 비교적 잘 마친 거 같아서 질문 없냐고 묻는데 한 학생이 이러더라. 그러고 나니까 강의를 이렇게 해도 되나 싶은 거야. 덕분에 강의계획안sup 다 뒤집고 다시 짜야 될 거 같아."

"힘들겠네. 그래도 다시 제대로 시작하면 좋지 뭐. 너 말만 그렇게 하지 집중하면 뭐든 금방 잘하잖아. 학생들 의견 더 많이 반영하면 강의평가도 좋고, 학생들에게도 좋고."

그날도 어김없이 나를 다독다독 해주는 지영이의 목소리가 왠지 좀 기운이 없었다.

"근데 너 목소리가 왜 그래? 피곤해?"

"이상하게 머리가 많이 아프네. 약 먹었는데도 효과가 없어."

"어제 잠을 설쳤어? 전화 끊고 일단 푹 자봐."

알겠다며 전화를 끊은 지영이는 다음 날도 그다음 날도 연락이 없었다. 아침에 눈 뜨자마자 서로 대화를 주고받던 사이인데, 당시 지영이가 머물고 있던 홍콩과 내가 있던 미국과의 시차를 감안해서, 다음 날 낮까지 푹 자고 있겠거니 가정한다 해도 너무 오래 소식이 없었다.

'이상하네. 무슨 일 있는 거 아니야?' 마음이 불안해지던 무렵, 지영이 남편으로부터 전화가 걸려 왔다. 며칠 전 퇴근하고 돌아와 보니 지영이가 쓰러져 있었다는 것이다. 급하게 홍콩 병원으로 가서 응급조치를 받은 후 상태가 심각한 것 같아 의료시스템이 더 좋은 한국으로 귀국했다고 했다. 그리고 정밀검사를 거쳐 받은 진단은 뇌암. 서른넷, 너무도 젊은 나이에 너무도 갑작스럽게 찾아온 일이었다.

당시 홍콩에서 일하던 지영이 남편도 회사를 그만두었다. 힘들고 고통스러운 항암이었지만 긍정적이고 밝은 지영이는 잘 이겨냈다. 심지어 국립암센터에 입원과 퇴원을 반복하는 동안에도 자기보다 자기를 위해 일도 포기한 채 자신의 모국도 아닌 낯선 한국에서 생활하는 남편을 더 걱정했다. 제 몸 아픈 게 더 걱정이지 남편을 안쓰러워하는 지영이가 안타깝기도 했지만, 몸이 괜찮으니 저런 여유도 있는 거겠지 한편으로 안도하기도 했다.

암 진단을 받고 투병하는 2년 동안도 장소만 달라졌을 뿐 우리의 통화와 대화는 여전했다. 방학이면 나는 한국으로 돌아와 지영이를 만났다. 다행히 치료도 잘 되어서 지영이 머릿속에 자리했던 암세포는 그 힘을 잃어가는 듯했다. 몇 차례 머리뼈를 절개하고 수술을 받느라 두상의 모습도 조금은 변하고 항암치료 하느라 살도 빠졌지만 통통하던 지영이가 날씬해지니 더 예뻐 보이기도 했다. 먹는 것도 예전과 다르지 않았고, 옷도 예쁘게 잘 챙겨입었고, 어디서나 잘 웃는 지영이는 여전했다. 나의 속상한 일에 같이 흥분해주는 것도.

젊은 나이에 암투병하느라 고생했지만 이제 한고비 넘겼으니 건강관리 잘하면서 같이 살아가면 되겠구나 안도가 됐다.

그날도 다르지 않은 만남이었다. 겨울방학을 맞아 귀국했다가 다시 미국으로 돌아가기 전날이었다.

"이제 내일 가면 또 여름이나 돼야 만나겠네. 아쉽다."

"그러게, 얼굴 보고 얘기할 수 있어서 좋았는데…."

이별의 아쉬움을 잠시 이야기하다 갑자기 지영이가 말했다.

"너 이 가방 가질래? 전부터 가지고 싶다고 했잖아."

난데없이 가방을 주겠다고 했다. 일본에서 공부하던 시

절 샀다는 갈색 호보백이었다. 기성품이 아니라 가게 주인이 직접 만들어서 파는 제품이라 거기에 가야만 살 수 있는 것이라고 했다. 평소 내가 예쁘다고, 다음에 일본 가면 하나 더 사다 달라고 이야기하던 가방이었다.

"가방을 날 주면 주면 네 소지품은 어떡하려고?"

"지금 네 에코백이랑 바꾸면 되지."

지영이는 내가 당시 메고 있던 에코백에 자기 소지품을 담고 자신의 가방을 나에게 건네주었다. 갑작스런 선물이 당황스럽기도 했지만 한동안 못 보니 아쉬운 마음에 건네주나 보다 싶어서 기쁘게 받았다.

그리고 한 달 뒤, 2014년 아주 이른 봄이었다. 그날도 평소처럼 지영이와 통화를 하는데 수술을 한번 더 하겠다고 했다. 이번 수술만 마치면 완전하게 회복될 것 같다고, 부모님은 잦은 전신마취와 수술을 좀 부담스러워하시지만 남편이 원한다고 했다.

"나도 하면 좋을 것 같고." 평소 지영이의 성품으로 보자면 아마 사랑하는 남편이 하면 좋겠다고 하니 그 의견을 따르는 듯했다. 의사들도 굳이 권하지는 않는 상황이지만 자신이 선택했다는 이야기였다.

　의학적인 지식이 없으니 뭐라 의견을 보태긴 그랬지만 나 역시 수술은 조금 나중에 했으면 하는 심정이었다. 그래도 지영이가 하겠다고 하니 "항암도 잘했는데 잘 되겠지. 수술 마치고 회복하면 또 통화하자." 하고 전화를 끊었다.

　얼마나 지났을까, 이제 수술 끝났을까 싶어 연락을 기다리는데 전화가 왔다. 지영이 남편이었다. 지영이가 마취에서 깨어나지 못해서 호흡기를 달고 있다고 했다. 머리가 하얘졌다. 몇 시간 전만 해도 나와 이야기하던 친구가 호흡기를 달고 있다고? 뭐라 할 말이 없었다. 겨우 정신을 차리고 "그러면 어떻게 되는 거냐?"고 물었다. 이틀에서 삼일 정도 기다려 보고 그때까지 안 깨어나면 호흡기를 떼야 한다고 답했다.

　지금도 그 순간을 생각하면 참 아득해진다. '지영이가 세상을 떠난다고?' 믿을 수가 없었다. 어떻게 이럴 수가 있지.

　며칠을 기도하고 그럴 리가 없다고 마음으로 부정해봤지만 결국 그 순간이 왔다. 지영이 남편은 내게 전화를 걸어 "청각은 살아있을 수도 있으니 마지막으로 하고 싶은 말을 하라.”고 했다. 무슨 말을 할 수 있을까. 나는 단 한마디도 하지 못했다. 너무도 허망한 마지막을 인정하고 싶지 않았고 마지막 인사를 하면 정말 지영이를 떠나보내야 할 것 같아서 아무 말도 할 수 없었다.

  스무 살부터 서른 일곱까지 17년을 하루도 빠짐없이 서로 온갖 이야기를 나누고 들어주던 지영이는 그렇게 떠났다. 오래오래 함께할 수 있을 거라 생각했는데, 지금은 비록 멀리 떨어져 살지만 딸아이 좀 키워놓고 나면 둘이서 한가하게 여행도 가보고, 맛집 순례도 함께 다니고, 노년에는 이웃으로 살자고 약속했는데…. 수십 년은 남아있을 것 같았던 우리의 시간이 한순간에 사라져버렸다. 빨간 볼이 예쁘던 언제나 봄날의 햇살처럼 화사하게 잘 웃던 지영이는 그렇게 흩날리는 벚꽃처럼 너무 이르게, 너무 아쉽게, 너무 허망하게 떠났다.

사랑할 시간이 많지 않다

2014년에서 2015년으로 건너가던 그 겨울은 유난히 추웠다. 주립대학 교수로 재직하며 내가 머물던 사우스다코타가 서울보다 추운 곳이기는 하나 위스콘신에서 6년간 강추위에 단련됐던 내 몸도 그해의 추위에는 유난히 견디기 힘들어했다. 일과가 끝나면 지영이와의 대화로 쉴 없이 깜빡이던 휴대폰도 소리를 잃었고 위잉~ 창문을 흔들고 가는 바람은 집안까지 새어드는 듯했다. 아무리 창을 닫고 커튼을 쳐도 한기가 느껴졌다.

일상은 여전했다. 학교에 출근해 수업을 했고 무엇보다 딸아이를 돌보는 일에는 게을러질 수 없었다. 평소처럼 아이 음악치료를 하고 돌아오던 길이었다. 서울로부터 전화가 걸려 왔다.

"뭐 해?" 묻는 말에 지금 집에 간다고 말하니 운전 중이면 다시 통화하자고, 집에 가서 전화를 달라고 했다. 도로 옆으로 차를 세우고 물었다.

"아빠… 아빠 돌아가셨어?"

나의 난데없는 물음에 돌아온 반응은 "어떻게 알았어?"였다.

그러게, 어떻게 알았을까? 내가 생각해도 이상하지만 그냥 그 순간 그런 느낌이 들었다. 아빠가 돌아가셨구나 하는.

심근경색이라고 했다. 그냥 평소와 별 다를 바 없는 하루를 보내고 잠자리에 드셨는데 갑자기 심근경색이 왔고, 응급실로 모셔갔지만 세상을 떠나셨다고.

슬픔보다 처리해야 할 일들이 먼저 떠올랐다. 전화를 끊고 집에 돌아가자마자 한국으로 가는 가장 빠른 비행기표를 예약하고 학교에 연락해 사정을 알렸다. 한국에 도착해서도 장례를 치르느라 슬퍼할 겨를이 없었다. 갑작스러운 이별 앞에서도 어른으로 살아가는 우리에겐 늘 눈물보다 책임과 도리가 먼저다.

'이제 아빠가 세상에 안 계시다고?' 장지에 아빠를 모시고 나니, 아주 조금 실감이 나는 듯했다.

요즘 아빠들은 '딸바보'라고 하지만 내가 어릴 때만 해도 대부분의 아버지들은 일하느라 바쁜 사람들이었다. 아내와 자식의 생계가 오롯이 자신에게 달려있었다. 아빠 역시 집안의 가장으로, 그 시대의 산업역군으로 최선을 다했던 우리 아버지들 중 한 분이었다. 타고난 성실성에 업무 능력까지 인정받아 1980년대 초, 호주로 발령을 받기도 했다. 덕분에 나 역시 어린 나이에 호주에서 3년의 시간을 보냈다.

책임감 강하고 성실한 분이셨지만 그 시절 아빠들이 그렇듯 딸에게 그렇게 살가운 분은 아니었다. 애정 표현을 잘 하지도 않으셨다. 하지만 내가 필요하다고 부탁하는 건 다 들어주는 아빠였다. 서울로 대학을 진학해 독립해 살 때도 용돈 외에 가외로 필요하다는 것들이 있으면 그냥 지원해주셨다. 묻고 확인하지 않으셨다. 한 번도 부모님 뜻에 어긋나는 일 없이 모범생으로 커온 딸이니 내 부탁이라면 들어주는 게 맞다고 생각하셨던 것 같다.

초등학교 4~5학년쯤이었나? 어느 날 퇴근해 들어오시

는 아빠의 손에 작은 상자가 하나 들려있었다. 아무 말씀 없이 건네주신 상자를 열어보니 당시 유행하던 휴대용 카세트플레이어가 들어있었다. TV에 광고도 해서 많은 아이들이 가지고 싶어하던 '금성 아하프리'였다. 게다가 칙칙한 까만색이 아니라 하얀색, 나를 생각해서 일부러 골라오신 것 같았다.

상자를 열어보고는 너무도 좋아서 입이 방긋 벌어진 나를 보고도 아빠는 특별히 별말을 하지 않으셨다. 하지만 나는 알았다, 아빠가 왜 카세트를 사오셨는지.

아마 선물을 받기 며칠 전이었을 것이다. 거실에 나가보니 테이블 위, 네 살 위 오빠가 가지고 있던 소니 휴대용 카세트 플레이어가 있었다. 그 모양이 너무 깜찍한데다 오빠가 늘 헤드폰을 끼고 듣고 있던 게 부러웠던 터라 손에 들고 이리저리 살펴봤다. 버튼도 한 번씩 눌러보고. 그러다 갑자기 카세트를 떨어뜨렸는데 그 소리에 내가 제일 많이 놀랐다. 자기 것을 만졌다고 혼낼까 봐 겁이 났다. 얼른 카세트를 들어 이상이 없는지 살펴보고 테이블에 올려두었다. 혹시나 오빠가 소리를 듣고 나올까 봐 방문도 살금살금 열고 내 방으로 돌아갔다. 아무도 못 봐서 다행이라 생각했는데 아빠가 그 모습을 보셨던 것이다.

표현에 약한 아빠의 딸이라, 카세트를 선물 받고 나 역시 '고맙다'고 '아빠 사랑한다'고 말하지 못했다. 왜 그리 쑥스러움이 많았는지 그냥 꾸벅 인사만 했다. 하지만 초등학교 시절부터 서울로 독립해 대학을 다니고 결혼할 때까지 내가 가장 소중하게 아꼈던 물건은 아빠가 선물해주신 그 카세트였다.

말하지 않았지만 내가 갖고 싶어하던 카세트를 사다주신 것처럼 아빠와 나는 그런 관계였다. 오랜만에 만나도 "왔냐? 별일 없냐?" 같은 대화만 주고받았지만 그냥 아빠도 나도 서로의 마음을 알고 있을 것 같았다. 고등학교 졸업 이후 멀리 떨어져 산 시간이 길었지만 언제고 한국에 오면 만날 수 있듯 늘 그 자리에 계실 것 같았다. 그래서 미처 생각도 못 해봤다. 이별의 순간이 그렇게 찾아올 수 있다는 것을.

장례를 마치고 다시 돌아간 미국은 여전히 추웠다. 겨울이 가고 봄이 오는 무렵이었는데도 여전히 바람이 스산했다. 아침이 와도 눈을 뜨고 싶지 않았다. 평소에 나는 무엇이든 미리 성실하게 해놓는 사람이었다. 제출해야 하는 논문이 있으면 기한보다 2~3일 전 이미 마무리해놓고 퇴고에 퇴고를 하는 게 습관이었다. 강의 준비 역시 미리미리 해놓아서 쫓기는 일이 없었다. 그런데 아무것도 하기가 싫었다. 할 수가 없었다. '논문을 내야 하는데' 생각하면서도 하나도 써지지 않았다. '이걸 써서 뭐 하나?' 싶은 마음도 들었다. 내 안에서 뭔가 주르륵 빠져나간 것 같은 기분. 그냥 내 자신이 주룩주룩 흘러내리는 느낌.

얼마 전까지만 해도 서로 웃고 떠들던 친구를 작별인사도 못 하고 떠나보낸 게 1년 전이었다. 37년 인생 중 17년을 나와 함께 보냈는데 지영이의 체취가 남은 건 겨우 가방 하나뿐이었다. 피붙이보다 더 가까운 친구였는데 그 세월은 아무런 의미가 없었다. 무력하고 허망했다. 그런데 이제는 아버지마저 떠났다. 역시 마지막 인사도 나누지 못한 채로.

미국에서 10년, 누구보다 열심히 공부해 학위를 따고 교수가 됐다. 교수가 되고 나서는 더 열심히 살았다. 매일 강의에 최선을 다했고 남들보다 부지런히 논문을 써냈다. 내 공부한다고 아이에게 소홀해질까, 내 공부시간을 늘리면 밤잠은 당연히 줄였다. 새벽 다섯 시면 어김없이 일어나 공부며 강의 준비를 하고 딸을 챙겨 먹이고 입히고 하루 종일 동동거리며 살았다. 저녁에도 집에 돌아오면 아이를 씻기고 재우고 공부하는 것 외에 다른 여가가 없었다. 누가 감시하는 것도 아닌데 매일매일을 그렇게 살았다.

'착하고 성실하게 살아야지, 후회 없이 살아야지, 그래야 좋은 인생이지' 생각했는데 이게 뭔가 싶었다. 이렇게 열심히 사는데 도대체 내가 이 세상에서 할 수 있는 게 뭐가 있나 싶었다.

내가 배운 것들을 나누며 봉사하는 삶을 살아야지 했었는데 그 시간이 많지 않을 수도 있겠다는 생각이 처음으로 들었다. 준비하지 못한 이별을 두 번이나 겪고 나니 "사랑할 시간이 많지 않다. 지금 후회 없이 사랑하라."는 경전 속 문장이 마음에 와 앉았다.

이제 다르게 살고 싶었다. 교수로서 학생들과 교류하고 지식을 생산하는 보람도 있었지만 뭔가 좀 더 효능감 있는 일을 해보고 싶었다.

지영이와 아버지를 연이어 떠나보내고 2년, 봄 여름 가을 겨울이 두 차례 지나갔지만 내겐 그냥 기나긴 상실의 계절이었다. 황량한 겨울이 지나야 새로운 봄이 싹트듯,

캄캄한 터널 같은 시간들을 겨우겨우 살아내니 마음속에서 뭔가 움트기 시작했다. 나의 성공, 나의 성취가 아닌 모두의 성공에 기여하는 일. 정치에 대한 꿈이 봄날의 싹처럼 마음에서 움트고 있었다.

엄마, 심장 따라서 가!

분주한 일정을 마치고 집에 들어가니 못 보던 그림이 하나 놓여있다. 거실 한가운데 나 보란 듯 놓여진 그림, 딸아이의 새로운 작품이었다. 오렌지색을 좋아하는 아이는 화려한 색들을 적절하게 배치한 그림을 참 잘 그린다. (고슴도치도 제 새끼는 함함하다고 말하는 것으로 여기실 수도 있지만 내 눈에는 진짜 잘 그린 그림이다.) 마치 마크 로스코의 그림처럼 다섯 가지의 색이 서로 섞이기도 하고 어떤 부분에서는 경계를 이루기도 하며 환상적인 분위기를 자아냈다. (이것도 고슴도치 엄마의 평가다.)

"멋있네, 이 그림은 제목이 뭐야?"

엄마의 찬사에 우쭐해진 채 답했다.

"시즌스(Seasons)."

"계절? 근데 색깔이 다섯 갠데?"

다섯 줄의 색을 그려놓고 계절이라는 게 의아해서 다시 묻자, 아이는 나를 보며 그것도 모르냐는 듯 말했다

"파이브 시즌스(Five seasons)."

그렇다. 일 년이 꼭 사계절인 것은 아니다. 봄 여름 가을 겨울이라고 부르지만 그사이 환절기도 있고 인디언 서머-여름 같은 가을-도 있고 봄날 같은 겨울의 하루도 있다. 위도에 따라 일 년 사계절 여름인 곳도, 반대로 일 년 내내 추운 극지방도 있다. 누군가에게는 계절이 열 개일 수도, 또 누군가에는 그 계절이 하나도 없을 수도 있다. 적지 않게 배웠다고, 지식을 쌓아왔다고 생각하지만 실은 그만큼의 편견에 사로잡혀 있는지도 모른다.

흔히 프레더 윌리는 보통 사람들에 비해 지능이 조금 낮은 수준인 경우가 많다. (물론 보통 사람보다 훨씬 지능이 뛰어나거나 비장애인들과 비슷한 수준도 있다.) 하지만 지식을 쌓는 만큼 그 지식의 테두리에 갇혀 생각의 폭이 좁아지기도 하는 사람들에 비해 내 딸은 완전히 열린 사고를 가지고 있다. 자신과 다른 외모, 다른 주장, 다른 생각을 가진

사람들을 있는 그대로 받아들인다. 사물이든 사람이든 세상의 모든 존재를 있는 그대로 본다. 있는 그대로 모든 존재를 긍정한다는 것이 어떤 것인지 잊고 사는 나. 아이는 내게 자주 가르쳐준다. 그것도 훨씬 낫다.

나의 우문에 명쾌한 현답을 전해주는 나의 딸, 내가 정치를 시작할 수 있었던 것도 딸 덕분이었다.

2014년 지영이를 잃고, 이듬해인 2015년 아버지마저 돌아가셨던 그날들은 지금 돌아보면 검은 먹빛 같은 시간이다. 사랑하는 이들을 연달아 잃었던 시간을 어떻게 표현할 수 있을까.

내가 가장 사랑하는 내 아이가 희귀난치성 질환이라는 프레더 윌리 진단을 받았던 순간에도 그토록 마음이 힘들진 않았던 것 같다. 다른 아이보다 더디고 느리겠지만 내가 해줄 수 있는 것들을 해줘야겠다는 마음뿐이었다. 물리치료, 언어치료, 운동치료, 하루하루 아이를 위한 일들을 차근차근 해나갔다. 또래 아이들에 비해서는 현저히 느리지만 조금 키워놓으니 몸을 뒤집었다. 조금 더 시간이 지나 기어 다닐 때가 되니, 기는 대신 자신이 할 수 있는 구르기를 해 원하는 곳으로 이동했다. '아 저렇게 적극적이고 활동적이니 뭐든 할 수 있겠다.' 희망도 생겨났다. 조금 느릴 뿐 안 되는 건 아니니까, 조금 더 진득하게 인내심을 가지고 함께 시도해보면 되니까, 딸아이와 함께 지내는 일이 고단한 시간만은 아니었다.

그런데 평생 함께할 줄 알았던 친구 지영이를 떠나보내고 연이어 아버지마저 떠나보내니 참 허망하고 헛헛했다. 기다린다고 달라지는 것이 없는 시간들이었다. 미국에 건너가 매일 분초를 아끼며 육아와 공부를 병행해 학위를 받고, 사우스다코타 주립대학에 임용되고… 이 사회에서 상대적인 약자로 내가 이룬 성취가 다 무슨 의미가 있나 싶었다. 한없이 무기력하고 모든 일이 부질없었다. 두 무릎을 가슴으로 모아 끌어안은 채 물속으로 가라앉는 느낌이었다.

도대체 내가 무엇을 위해 이토록 열심히 살고 있을까? 근원적인 물음이 찾아왔다. 엄마로, 교수로 최선을 다해 살고 있지만 더 의미 있고 가치 있는 일을 하고 싶었다. 효능감이 느껴지는 일, 나의 노력으로 세상이 조금이라도 나아지는 일에 기여하고 싶었다. 정치를 해야겠다는 마음이 들었다. 나의 노력으로 더 많은 사람들의 삶이 나아질 수 있다면, 삶의 고단함이 덜어지고 마음의 주름이 펴질 수 있다면 그 일을 해보고 싶었다. 사회적 약자들이 본인들의 이야기를 뒷받침할 수 있는 지식을 생산해내는 일을 하고 싶었다.

지난 10년, 미국에서 공부하고 육아를 하며 내가 경험했던 ─ 수혜처럼이 아니라 권리처럼 너무나 쉽고 당연하게 누렸던 ─ '돌봄'에 대한 세심한 지원을 한국에도 정착시키고 싶었다. 경험도 있었고 인간발달을 공부하면서 배운 지식도 있었다. 이 분야에서만큼은 그 누구보다 잘할 수 있겠다는 자신감이 있었다. 제도도 제도지만 사회 전체의 인식을 바꾸는 데도 기여하고 싶었다. 사회적 약자도 소수자도 존중받고 포용하는 세상을 만들고 싶었다.

'정치를 해야겠구나.' 결심이 섰던 건 정말 순식간이었다. 하지만 이건 내 마음일 뿐이었다. 나는 엄마였고, 특히 다른 아이들보다는 조금 더 손길이 많이 필요한 발달장애 딸을 가진 엄마였다. 내가 정치를 하기 위해 다시 한국으로 돌아가면 내 아이는 많은 혼란을 겪게 될 터였다. 학교를 옮겨야 하고 인생의 대부분을 미국에서 보낸 터라 익숙하지 않은 한국어를 다시 배워야 하고 장애인에게 그리 우호적이지만은 않은 새로운 환경에 적응해야 한다. 정치를 해도 될까? 엄마를 이해해줄 수 있을까? 더 좋은 세상을 만들겠다며 나의 딸에게는 너무 큰 짐을 안겨주는 이기적인 결정 아닐까?

어렵게 얻은 교수자리를 내려놓는 건 하나도 어렵지 않았는데 아이 생각만 하면 잠이 오지 않았다. 밤잠도 설치면서 며칠을 고민하다 그냥 당사자인 딸의 의견을 묻기로 했다.

"엄마가 한국 가서 정치인이 되려고 하는데 어떻게 생각해? 일단 한국 가면 네가 불편한 게 많을 거야. 학교도 바뀌고 친구도 새로 사귀어야 하고, 지금처럼 엄마가 너를 많이 보살펴주지 못할 수도 있어."

미안한 마음에 자꾸 이런저런 말이 길어졌다. 이것도 힘들 거고, 저것도 힘들 거고, 자꾸 어려운 일을 나열하는 나를 보던 아이가 말했다.

"Follow your heart!"

"엄마, 심장 따라서 가!" 그 말이 가슴으로 날아들었다. 딸은 나를 온전히 존중해주고 있었다. 나의 엄마가 아니라 나의 보호자가 아니라 그냥 강선우로, 더 좋은 세상을 만들고 싶은 정치인 강선우로 살아도 된다고 온 마음으로 지지해주고 있었다.

"Follow your heart!"

딸아이가 그 말을 하던 순간을 떠올리면 지금도 가슴에, 눈에 뜨거운 것이 차오른다. 벌집처럼 복잡한 일들로 가슴이 서늘해지려 할 때, 정말 눈을 뜨지 못할 만큼 지치고 피곤할 때, 그럴 때면 다시 꺼내 이제는 내가 나에게 하는 말.

"Follow your heart!"

내 마음을 따라 가는 길

국회에 들어온 지 햇수로 4년,

평범한 일상을 지키는 더 따뜻한 정치.

사회적 약자도 소외되지 않는 든든한 돌봄을

향한 꿈은 여전하다. 가족도 없이 홀로 사는

노인도 내일에 대한 걱정 없이

살아갈 수 있는 나라를 만드는 일.

명함 한 장이라도 아끼라며 온 마음으로

나를 응원해주셨던 그 지지자분과의

약속을 지키는 길이다.

닮고 싶은 한 사람

故 노무현 대통령의 14주기, 하늘은 파랗고 바람은 상쾌했다. 봉하마을의 상징, 노란 바람개비가 힘차게 돌았다.

올 14주기에는 여느 때보다 훨씬 많은 인원이 모였다. 추도식 자리에서 오랜만에 만난 분들과 인사를 나누고 안부를 여쭈었다. 1년 만에 위기에 처한 나라에 대한 걱정은 한결같았고 어떻게 이 위기를 타개해 나갈 것인가 수심이 컸다. 하지만 한편으로 이토록 많은 이들이 같은 마음이라는 것, 추락한 국격과 무너진 민주주의를 걱정하고 바로 세우려 함께하고 있다는 것에 위로를 받았다.

정치를 하기로 마음을 먹고 민주당 비례대표를 등록한다고 하자 주위 사람들이 내게 물었다. "왜? 왜 민주당을 가?" 어쩌면 당연한 질문이었을 것이다. 당시 2016년 총선에서 민주당의 승리를 예상하는 이는 거의 없었다. 민주당의 미래는 암울해 보였고 정치적으로도 수세에 몰려있었다.

어릴 적 내게 민주당은 호남당이었다. 어른들이 그리 말씀하셨다. 노벨평화상까지 받으며 전 세계적인 존경을 받은 故 김대중 전 대통령을 두고도 빨갱이라고 욕하는 사람을 어디서나 쉽게 볼 수 있었다.

내가 대학에 입학했던 1997년 우리 경제는 IMF 직격탄을 맞았다. 그 지경이 될 때까지 정부는 제대로 된 대응을 하지 못했고 그 결과는 참담했다. 거대한 기업들이 연쇄적으로 문을 닫았고, 직장을 잃은 이들이 거리로 쏟아졌다. 결국, 경제적 어려움을 견디다 못해 해체된 가정 역시 너무도 많았다. 김영삼 정부의 명백한 실정이었음에도 김영삼 대통령 욕은 하지 않았다. 오히려 무너진 경제를 일으키려 노력하는 김대중 대통령에게 비난이 돌아갔다. 남북평화나 화해를 위한 노력은 그냥 빨갱이라는 단어 하나로 일축됐다.

노무현 대통령이 당선되고 나서도 민주당에 대한 비난

은 여전했다. 대통령을 무시하고 조롱했다. 고등학교밖에 못 나왔다고 대통령이 고졸인 게 창피하다고 했다. 사법고시를 독학으로 합격한 뛰어난 인물이었음에도 인정하지 않았다. 〈검사와의 대화〉를 생중계하던 날, 한 검사의 질문을 기억한다.

"과거에 언론에서 대통령께서 83학번이라는 보도를 봤습니다. 혹시 기억하십니까? 저도 그 보도를 보고 내가 83학번인데 동기생이 대통령이 되셨구나, 이런 생각을 했습니다."

상고 출신 대통령을 향한 선을 넘은 무시였다. 한 나라의 대통령에게도 저럴진대 우리 사회의 약자에 대한 그들의 태도는 어떨까.

나는 노무현 대통령을 좋아했다. 1988년 11월 5공 비리 청문회였다. 광주민주화운동 당시 시민들을 향한 군의 발포를 '자위권 발동'이라고 발뺌하던 전두환에게 노무현 의원은 명패를 집어던졌다. 당시는 겨우 열 살 때라 그 의미를 잘 모르다가 다 크고 난 뒤 그 장면을 다시 보게 됐다. 졸속으로 3당 합당을 결의한 전당대회에서 "이의 있습니다."를 외치던 젊은 노무현 의원. 강자 앞에 굴하지 않는 사람. 약자 앞에서 한없이 겸손해지는 그의 모습은 정말 멋졌다.

이런 마음이 비단 나뿐일까. 14주기 추도식에 모인 사람들 가운데 노무현 대통령을 사랑하지 않은 이가 누가 있을까. 바쁜 일상에 참석은 못 해도 노무현 대통령을 그리는 이들은 또 얼마나 많을까.

14주기 추도식 행사 중에 여러 시민들의 인터뷰를 담은 장면이 있었다. 노무현을 사랑하는 시민들에게 만약 대통령님이 살아 계시다면 자신들에게 어떤 이야기를 해줄 것 같냐는 질문이었다. 대학교수, 학원강사, 항공사 직원, 그림책 치료사, 보육교사, 사회복지사까지 직업도 다르고 얼굴과 목소리는 달라도 대답은 비슷했다. 눈물을 머금고 그들이 말한 대답은 "'괜찮다고, 너도 할 수 있다'고, '지금도 잘 하고 있다'고 응원해줄 것 같아요."라는 말이었다. 대통령님은 '위로'였다.

노무현 대통령은 그런 분이었다. 왠지 우리를 보면 애쓴다고 위로하며 손을 잡아줄 것 같은 사람. 같이 웃어줄 것 같은 사람. 같이 울어줄 것 같은 사람. 일 끝나면 같이 막걸리 마시고, 아이들과 장난 치고, 자전거 뒤에 손녀 태우고 달리려고 상자로 종이 안장을 만들어 놓아두는 그런 동네 이웃 같은 사람.

　대한민국 대통령까지 하신 분이었지만 한 번도 자신이 대단하거나 특별하다고 생각하지 않는 것 같은 사람. 그래서 더 특별했던 사람이 내게는 노무현 대통령이었다.

　언제나 평범한 사람들과 자신을 같은 높이에 두고 계셨던 분이라 그런지 노무현 대통령의 말과 글 또한 누가 읽어도 이해가 쉬운 시원시원한 말씀이었다.

　"제가 생각하는 이상적인 사회는 더불어 사는 사람 모두가 먹는 것 입는 것 이런 걱정 좀 안 하고, 더럽고 아니꼬운 꼬라지 좀 안 보고 그래서 하루하루가 좀 신명나게 이어지는 그런 세상이라고 생각을 합니다. 만일 이런 세상이 좀 지나친 욕심이라면 적어도 살기가 힘이 들어서, 아니면 분하고 서러워서 스스로 목숨을 끊는 그런 일은 좀 없는 세상 이런 것이라고 생각합니다."

　쉽게 알지 못하는 경제용어를 더하고 굳이 어려운 단어를 섞어가며 위대한 연설인 양 말하는 이들에 비해 노무현 대통령의 말씀은 참 간결하고 담백하다. 정말 모두가 먹는 것 입는 것 이런 걱정 좀 안 하고, 더럽고 아니꼬운 꼴 좀 안 보고 사는 세상이 우리 모두가 바라는 이상향 아닐까. 어떤 국민이 들어도 단박에 이해하는 그런 멋진 세상의 모습 아닐까.

멋지고 매력적이었던 사람. 이런 노무현 대통령이 계셨고 노무현 대통령이 꿈꾸던 '사람 사는 세상'을 향해 가는 당이 민주당이다.

노무현 대통령을 만나고 노무현 정신을 새기고 돌아오는 길, 봉하마을 입구에는 노란 바람개비가 여전히 힘차게 돌아가고 있었다. 바람개비는 바람이 있어야 돈다. 하지만 바람이 불지 않는다고 바람개비를 돌릴 수 없는 건 아니다. 우리가 직접 바람개비를 들고 달리면 된다. 우리가 힘차게 달려 나가면 된다.

더 좋은 세상이 오기를 기다리지 말고 그 세상을 만들어 가라고, 강물이 바다를 포기하지 않듯 좌절하지 말고 깨어 있는 시민과 연대하라고 노무현 대통령께서 그렇게 일러 주시는 듯했다. 정치를 업으로 삼는 내내, 단 한순간도 봉하마을 노란 바람개비의 배웅을 잊지 않을 것이다.

다 이렇게 하는 줄 알았다

20대 총선이 넉 달 앞이었다. 비례대표를 신청해야겠다고 결심했다. 10여 년간 한국을 떠나 국내 정치에 전혀 기반이 없었기에 지역구 후보로 나서는 일은 불가능했다.

그때까지는 미국에 체류하고 있어서 매일 민주당 홈페이지에 들어갔다. 정치에 문외한이었지만 비례대표는 후보를 모집하는 과정이 있다는 것은 알고 있었다. 마치 취업준비생이 채용공고를 기다리듯 매일 홈페이지를 보면서 모집공고가 이제나저제나 뜰까 기다렸다. 필요한 서류도 있고 서류를 취합해서 심사하는 시간도 필요하니 최소 석 달 전에는 뜨지 않을까 싶었다. 1월 내내 기다렸지만 소식이 없었다. 2월 8일이 설날이니 설 연휴가 끝나면 뜨겠지

했는데도 감감무소식이었다. 애가 닳았다. 이러다가는 서류 준비를 못 해서 후보등록도 못 하는 거 아닐까 기다림에 지쳐갈 즈음 드디어 공고가 떴다. 2월 25일이었다.

'제20대 국회의원 총선거 비례대표 후보자 추천신청 공고' 제일 윗줄의 후보자 신청자격부터 꼼꼼히 읽었다.

- 지역·세대·계층 및 신청 분야의 전문가로서 그간의 활동이 우리 당의 강령, 정책에 위배되지 않으며 도덕적 흠결이 없는 자
- 공직선거법상의 피선거권이 있는 자로서 당헌 또는 윤리규범의 선출직공직자의 자격에 위반되지 아니하여야 하며, 신청일 현재 권리당원으로서 당적을 보유한 자

자격이나 심사분야, 선출분야에는 별 무리가 없었다. 가장 중요한 공모기간을 읽었다. 2016년 3월 2일(수) 09시 ~ 3월 4일(금) 18시까지 겨우 3일간이었다. 반드시 제출해야 하는 서류 중에는 인터넷으로 발급받을 수 없는 것들이 있었다. 범죄경력조회회보서에 세무서에서만 발급받을 수 있는 소득세·종합부동산세납부·체납증명서까지, 직접 가서 떼고 내리면 3일의 기간은 너무나 촉박했다.

당장 서울로 가는 가장 빠른 비행기표부터 알아봤다. 한국으로 향하는 비행기 안에서 자기소개서와 의정활동 계획서를 썼다. 의정활동 계획서를 쓰면서 내가 이렇게 하고 싶은 일이 많았었나 싶었다. 인천공항에 도착하고 보니 새벽 5시. 부리나케 집으로 가 씻고 9시 관공서 문 여는 시간만 기다려 서류를 뗐다.

비례대표 후보를 등록할 때 모든 서류는 스캔을 해서 업로드도 해야 하지만 출력해서 우편으로도 보내야 한다. 그런데 모든 마감이 그렇듯 꼭 업로드가 잘 되지 않는다. 마음은 급한데 3월 4일 6시 마감이 다가오니 업로드가 되지 않았다. 급한 마음에 민주당사에 전화를 걸어 자료 업로드가 되지 않으니까 서류 마감 기한을 조금만 더 연장해 달라고 사정을 했다. 당사에서도 시스템이 불안정하다는 걸 알고 있었는지 6시 30분까지 오픈을 해주어서 겨우 서류를 접수했다.

그런데 그게 끝이 아니었다. 서류를 내면 당에서 전화가 와 차례차례 다음 일정을 일러주는 줄 알았는데 감감무소식이었다. 며칠을 기다리다가 당사에 다시 전화를 했다.

"저 비례대표 후보자 등록한 강선우인데요. 후보 신청했는데 그다음에는 어떻게 되는 거예요?"

전화를 받은 분이 상냥하게 대답했다. "곧 면접이 있을 텐데 서류 통과되면 연락이 갈 거예요."

어릴 때부터 기다리고 참는 일은 잘하는 편이어서 '그럼 기다려야지~' 하는데 너무 하고 싶은 일이라 그런지 기다리는 일이 쉽지 않았다. 02-700번대에서 오는 전화가 언제 울리려나 휴대폰을 늘 옆에 두고 살았다.

며칠 후였을까? 드디어 연락이 왔다. 서류가 통과됐으니 면접을 보러 오면 된다고 했다. 마음이 급해졌다. 짧은 시간에 내 강점을 보여주려면 어떻게 해야 할까? 고민하다가 나의 지난 이력과 앞으로의 계획을 담은 판넬을 만들었다. 한정된 시간에 내 소개를 제대로 하지 못할까 봐 생각해낸 아이디어였다.

면접 당일 내 몸의 반을 가릴 정도의 커다란 판넬을 다섯 개나 들고 입장하는 나를 보고 심사위원들 눈이 휘둥그래졌다. 나 같은 비례대표 후보는 처음이었을 것이다. 지금 생각해보면 정말 정치초보 신인이었으니 가능했던 일이 아닐까 싶다.

고생해 만든 보람도 없이 심사위원들은 판넬은 내려놓

고 질문에 답을 해달라고 했다. 다양한 질문이 오갔다. 만약 합격하면 교수 자리는 내려놓을 건지, 어떻게 비례후보에 지원하게 됐는지 정해진 시간을 넘겨 질문을 받았다. 나에게 호의가 있어 하는 질문인지, 아니면 불합격의 사유를 찾기 위한 질문인지 답변 하나하나에 온 신경을 기울였다. 가능한 조리 있게 나의 계획과 포부를 설명하려 했지만 마음처럼 되지 않았다. 집에 돌아와서도 내내 그 질문엔 이렇게 답했어야 하지 않을까, 상황을 복기했다. 한 번 더 기회를 주면 진짜 잘할 수 있을 것 같아서 너무 아쉬웠다.

후회와 아쉬움을 곱씹다가 '그래도 여기까지 온 게 대단하다' 스스로를 위로하며 기대를 내려놓으려고 애썼다. 그런데 판넬까지 만들며 노력하는 모습에 점수를 준 걸까. 29번을 배정받았다. 물론 당선 가능성은 전혀 없는 순번이었다. 그래도 좋았다. '처음부터 잘되는 게 있나, 이렇게 시작하는 거지~' 주어진 상황을 긍정했다.

마침 비례대표 후보들끼리 유세단을 꾸린다는 연락이 왔다. 함께하겠냐는 제안이었다. 아침이면 버스를 타고 전국을 돌면서 유세에 참여했다. 캠페인송이 나오면 같이 춤도 추고, 다른 비례대표 후보들과 같이 동료가 되어 움직이는 것이 참 즐거웠다. 10년 만에 보는 한국의 봄도 너무나 아름다웠다. 벚꽃이 터널을 이룬 길을 달릴 때는 '우리나라가 이렇게 아름다운 곳이었지' 새삼 뭉클해지기도 했다.

원래도 뭐 하나 책임을 맡으면 딴짓을 할 줄 모르는 모범생이었지만 유세단 때는 더했다. 특별히 아는 사람도 없으니 불러줘서 지원유세를 갈 일도 없고, 그러니 유세단이 전국을 도는 동안 단 하루도 결석 없이 매일 참여했다. 100% 개근, 내 의지는 아니었지만 유세단의 모범생이 되어있었다.

동시에 나도 모르던 나의 새로운 모습을 보았다. 캠페인송을 틀어놓고 다 같이 춤추는 일이 이토록 재밌을 줄이야. 사람들 속에 섞여 으쌰으쌰 사기를 올리고 가까이에서 민심을 듣는 경험도 너무나 좋았다. 생각보다 내가 정치와 잘 맞는 사람이었던 것이다. 자연인 강선우에서 정치인 강선우로 다시 태어난 봄이었다.

정치신인의 파란

"원숭이도 나무에서 떨어진다."는 속담이 여의도에서는 이렇게 바뀐다. "원숭이는 나무에서 떨어져도 원숭이지만 국회의원은 선거에서 떨어지면 사람도 아니다." 현역의원이었다가 낙선한 사람이 겪는 달라진 처지를 표현하는 말이다. 그래도 의사나 변호사 같은 전문직 종사자들은 돌아갈 곳이 있어 한결 형편이 나은 편이다.

정치를 하겠다며 10년 미국생활도 청산하고 돌아왔지만 비례대표 후보였다는 경력 하나만 더했을 뿐 한국에선 아무 직함도 없던 나 역시 그야말로 하루아침에 백수가 됐다. 아침에 일어나자마자 정신없이 뛰어나가서 깊은 밤에나 들어오던 엄마가 하루 종일 집에 있으니 "오늘 안 나가?" 딸아이가 나를 걱정했다.

이렇게 된 거 다시 미국으로 가라는 지인들도 많았다. 교수 자리도 자리지만 그간 공부한 것이 아깝지 않냐는 조언이었다.

물론 미국으로 다시 돌아갈 수도 있었다. 하지만 막상 한국에 와서 가족들을 만나고 말이 통하는 사람들과 함께 지내니 내 나라를 다시 떠나고 싶지 않았다. 그토록 간절하게 정치를 하고 싶어 돌아와 놓고 선거 한번 치르고 포기하는 것도 성격에 맞지 않았다.

미국으로 다시 돌아가지 않을 거라는 내 얘기에 민주당에서는 부대변인을 맡아보면 어떻겠냐는 제안을 했다. 물론 그냥 시켜주는 자리가 아니었다. 오디션이 있었다. 당시는 한참 가습기 살균제로 인한 참사가 사회적인 이슈였다. 모범생 기질을 여전히 간직한 나는 또 예상문제까지 미리 뽑아가며 대변인 브리핑을 연습한 덕분에 부대변인 오디션에 합격했다. 민주당 부대변인으로서 새로운 삶이 시작되었다.

강의든, 기업 프리젠테이션이든 중요한 건 내용을 잘 요약해 핵심을 전달하는 일일 것이다. 대변인 역시 마찬가지다. 짧지만 예리한 논평이 중요하다. 책을 좋아하고 글 쓰기를 좋아하던 나였지만 논평은 완전히 다른 분야였다. 그 전날 밤에 다음 날의 조간 기사를 샅샅이 읽고 국민들의 관심사, 국민의 일상과 직결되는 현안을 찾았다. 문장을 길게도 써보고 짧게도 줄여보고, 어떤 것이 더 호소력이 있는지 비교해가며 논평 쓰는 훈련을 했다.

글 쓰는 일만 중요한 건 아니다. 연기자의 연기력을 판가름하는 주요 요소가 딕션이듯, 대변인의 발성은 너무도 중요하다. 생전 처음 입을 크게 벌리고 푸는 스트레칭도 해보고 카메라와 시선을 맞춰 브리핑하는 연습을 하느라 거울을 앞에 두고 책을 읽어보기도 했다.

기사 속 사진에 나온 대변인들은 조금 근사해 보이지만 대변인으로서의 하루하루는 녹록하지 않았다. 현안을 어느 정도 파악하는 것만으로는 일을 다했다고 할 수 없었다. 어떤 현안은 수치까지 완벽하게 외우고 있어야 기자들의 질문에 대응할 수 있었다. 지금의 상황과 쟁점만이 아니라 과거의 이슈들까지 잘 알고 있어야 제대로 된 논평이 가능했다. 잘못된 단어 선택 하나가 큰 파장을 일으킬 수도 있기에 부담감도 컸다.

그러나 장점이 훨씬 많았다. 정치 현안을 하나도 빠짐없이 챙길 수 있었고, 정치인의 말과 행동은 어떠해야 하는지 몸으로 배울 수 있었다. 진심으로 소통하는 일의 중요성도 다시 한번 느꼈다. 내성적이고 조용하던 강선우가 조금 더 외향적이고 적극적으로 변화하며 단단해지는 시간이었다. 그때의 경험이 국회의원이 된 이후에도 수많은 캠프 대변인과 두 번이나 당 대변인을 맡는 토대가 되었을 것이다.

'당은 이렇게 움직이는구나' 부대변인으로 활동하면서 정당활동이 무엇인지, 당의 일원이란 어떤 것인지 알아갈 무렵, 2017년 대선이 시작되었다. 문재인 캠프에서 공보 일을 맡았다. 그때나 지금이나 나는 뒤에서 백업하는 일을 자주 맡는다. 캠프에 있다고 하면 '어, 거기서 뭐하세요? TV에서 못 봤는데?'라는 말을 듣기 좋은 일들이 나의 주요 업무였다. 하지만 뒤에서 지원하는 수많은 사람들이 없으면 캠프는 돌아갈 수 없다. 일정을 조율하고, 홍보의 방식을 결정하고, 어떤 캠페인을 어떻게 할지, 누구를 섭외해야 후보의 이미지가 가장 선명하게 드러날 수 있을지 세팅하는 일이야말로 보이지 않지만 정말 중요한 작업이다.

2022년 대선 때도 2017년과 마찬가지로 이재명 후보의 캠프에서도 후보의 뒤를 따르며 늘 카메라에 잡히는 수행이 아닌 기획을 담당했다. 당시는 젊은 여성층의 이재명 후보에 대한 비토가 심한 시기였기에 감성적인 이미지가 필요했고 친근하고 따뜻한 후보로서 어필할 부분을 찾아야 했다. 그래서 나는 작곡가 윤일상, 가수 이은미와 함께 〈스물 여덟〉 노래를 만드는 작업을 기획했다. 김혜경 여사와 만나 함께 미래를 그리던 시절의 이야기를 담아 노랫말을 써보면 어떻겠냐고 제안했다. 바쁜 가운데서도 후보는 불평 한마디 없이 최선을 다했다. 그 과정을 메이킹 필름에도 담았다. 뮤직비디오를 선보인 이후 반응에 따라 메이킹 필름까지 모두 공개하고 이재명 후보가 노랫말을 썼다는 사실도 공개할 예정이었다. 그러나 너무 아쉽게도 당시 다른 이슈에 묻혀 홍보의 기회는 사라졌다.

각설하고, 2017년 대선에서 묵묵히 문재인 캠프에서의 업무를 마치니 또다시 나는 백수가 됐다. 이제 뭘 해야 하지 싶을 때 진행자로서 또 다른 길이 열렸다. 연기자 최민수 씨의 아내로 잘 알려진 강주은씨가 진행하던 프로그램을 이어받게 됐다. 각국 대사관을 찾아가 대사들과 편안하게 이야기를 나누며 그들의 음식과 문화도 체험해보는 〈The Diplomat〉라는 프로그램이었다. 영어를 전공하기도 했고 미국에서 오래 체류한 덕분에 영어에 능통한 것이 아리랑TV 프로그램의 진행자로 낙점된 비결이었을 것이다.

낯도 가리고 소심한 스타일인데, 또 멍석만 깔아주면 어디서 끼가 발동하는 건지 처음 하는 방송진행이었는데 즐거웠다. 교수로, 부대변인으로, 대선캠프 공보로 일한 경험이 도움이 됐을 것이다. 인생의 모든 시간은 잊히는 듯해도 내 안에 쌓여있다가 어느 순간 나의 능력으로 발휘된다. '좋았으면 추억이고 나빴으면 경험'이라고 세상 모든 일들은 결국 나를 만드는 자양분이 된다. 아마도 이런 시간들이 새로운 도전에 물러서지 않는 배짱을 키워준 것도 같다.

그 배짱이 가장 제대로 발휘된 게 2020년 총선이었을 것이다. 아리랑TV 프로그램 진행자로 활동하던 2019년 11월, 총선기획단의 일원이 됐다는 연락을 받았다. 여성과 청년들을 고르게 배치해 선거를 시작하기 전부터 구성이 잘 됐다는 평가를 받았던 기획단이었다. 문재인 정부의 국정운영을 확실히 뒷받침할 수 있도록 민주당이 승리하는 게 가장 큰 바람이었다.

아침부터 저녁까지 회의의 연속, 국회의원이 되려고 한국에 왔던 사람이면서도 내 선거에 대한 계획은 없었다. 실속 못 차린다고 아쉬워하는 지인들의 평가에 딱 들어맞는 행보였다.

그러다 급한 일들이 좀 마무리되고 나니 그제서야 내 처지가 보였다.

이번에는 지역구에 나가 직접 유권자들과 만나고 그들의 선택을 받고 싶었다. 정면승부. 평소에 겁이 참 많은 것 같은데 큰일일수록 나는 참 담담하게 결정을 한다.

원하던 결과를 얻지 못하더라도, 아무것도 얻지 못하고 지더라도, 피하지 않고 최선을 다해보자. 결정을 내리고 보니 남은 선택지가 많지 않았다. 강서갑, 민주당에서는 거의 마지막으로 추가공모를 받은 7차 경선지였다.

정치를 하겠다고 비행기에서 입당원서를 쓰던 시절부터 4년여의 시간이 흘러있었지만 다른 이의 선거가 아닌 '내 선거'에 대해서 아는 게 없긴 마찬가지였다. 경선후보 등록을 위한 자료준비부터 선거사무소 마련까지 전부 처음 해보는 일이었다.

일단 아침 6시부터 밤 12시까지 민주당의 파란 점퍼를 입고 거리를 누볐다. 허리를 굽히고 진심을 다해 "안녕하세요! 강선우입니다~" 목소리를 높였다. 골목골목을 다니면서 어디가 유동인구가 많은 곳인지 살피기도 했다. '저기에 현수막을 달면 좋겠네' 메모도 하고 지역주민들과 인사하면서 듣게 되는 민원은 특히나 꼼꼼히 적어두었다. 하지만 내가 해야 할 일이 그것만은 아니었다.

후보를 등록하자마자 지역사무실을 준비해야 했다. 사무실에 그렇게나 필요한 게 많은지 그때 처음 알았다. 인터넷 신청부터 전화 연결, 책상이며 의자 세팅, 볼펜이며 메모지 구입까지 모두 내가 해야 했다. 선거운동을 다니면서 지역유권자들께 인사를 하다가 전화가 오면 "아, 거기 기다리고 계시면 제가 갈게요." 사무소로 달려가 인터넷 연결을 확인하고, 전화가 놓인 걸 보고, 현수막의 위치를 점검했다. 유세 도중 은행에 들어가 경비를 입금하는 일도 일상이었다. 밤 12시 마지막 인사를 끝내고 나면 텅 빈 사무소로 돌아가 유권자들에게 보낼 문자를 작성해 발송 예약하고, 비용 처리할 영수증을 챙겨두었다.

　지금 생각해보면 참 외롭고 처량했을 거 같은데 그때는 너무 바빠 그런 감상마저 없었다. 해야 할 일들만 머릿속에 가득했다.

　하루 종일 쉼 없이 골목을 누볐고 밤 12시가 되기 전에는 쉬지 않았다. 단 한 분이라도 더 만나고 싶었고 진심으로 유권자들께 다가가고 싶었다. 지역구의 모든 곳을 내 발로 밟아보려는 듯 걷고 또 걸으며 인사했던 그 시간들은 고스란히 강서에 대한 애정과 관심으로 이어졌다. 효율이 부족했을지 모르지만 진심은 가득한, 인사 한 번 악수 한 번도 기계적으로 한 적 없는 온 마음 다한 유세였다.

　무엇보다 지역주민들과 가까이 서서 인사를 나누고 이야기를 들을 수 있는 시간이 참 좋았다. 코로나 초기 사람들을 대면하기 쉽지 않은 시기였기에 더더욱 거리에서 유권자들께 듣는 한마디 한마디가 소중했다.

　노무현 대통령은 말씀하셨다. "혁신은 새로운 것을 하자는 것보다는 일을 제대로 하자는 것입니다. 무슨 대단한 진보를 이루자는 것이 아니라 최소한의 시스템을 제대로 정비하자는 것입니다."라고. 새로운 공약, 대단한 정책을 내세우기에 앞서 가장 중요한 건 국민의 안전과 행복을 지키는 최소한의 시스템을 제대로 마련하는 일이었다. 코로나로 민생이 어려워지는 시기였기에 더더욱 내가 무엇을 해야 할지, 내가 왜 국회에 들어가고자 했는지가 저절로 마음에 새겨졌다.

유세라기보다 국민의 말씀을 경청하는 기회가 됐던 22일의 경선기간은 승리로 마무리되었다. '정치신인의 파란'이라고 보도하는 언론사도 많았다. 2020년 총선, 더불어민주당 후보들 가운데 경선 승리를 통해 가장 주목받은 후보가 됐다. 현역의원을 경선에서 이기고 21대 국회에 입성한 유일한 '여성 초선 국회의원'이 된 것이다.

정치, 촘촘한 삶의 안전망을 만드는 일

"웃는 법을 모르면 가게를 열지 말라." 이스라엘에는 이런 속담이 있다. 힘든 일이 있어도 손님을 미소로 응대할 자신이 없다면 장사를 시작하기 힘들다는 이야기도 될 것이다. 강서갑 경선후보로 등록하고 정치인 강선우가 된 후 내가 제일 먼저 배워야 했던 것도 어떤 거절과 비난에도 평온함을 잃지 않는 법, 미소를 잃지 않는 법이었다.

정치신인이 현역의원을 꺾고 더불어민주당 강서갑 후보로 선출되는 파란을 일으켰지만 본선에 진출했다고 크게 달라진 건 없었다. 나는 여전히 마음을 다해 폴더폰처럼 허리를 굽혀 인사드리고 출퇴근 시간 명함을 돌렸다. 그저 출근 인사를 드리는 것뿐인데도 민주당을 지지하지 않는 분들은 때로 험한 말을 들으라는 듯 큰소리를 내고 가셨다. 우리 가게 앞에서 인사하지 말라고 밀어내는 분도 계셨다. 명함을 드리면 안 받으시는 일도 많았다. 받아서 보란 듯 찢어버리는 분도 계셨으니 받지 않으시는 건 오히려 감사한 일이었다.

그날도 열심히 명함을 돌리던 날이었다. 퇴근 시간을 맞아 명함을 한가득 들고 골목골목을 걸으며 인사를 드리다가 폐지 리어카를 끌고 가시는 분을 만났다. 얼른 쫓아가 "강선우예요. 잘 부탁드립니다." 허리 굽혀 인사하고 명함을 드리는데 손사래를 치셨다. 안 받으시겠다는 것이다. 자주 겪어본 일이었다. 정치인이 되고 가장 먼저 배운 건 거절에 익숙해지는 법이었으니까.

"네. 고생이 많으십니다." 하고 돌아서는데 그분이 "이리 좀 와봐요."하고 다시 부르셨다. 발걸음을 돌려 가까이 다가가니 휴대폰을 들며 말씀하신다.

"나는 여기 문자 받아서 강 후보자, 알아요. 그러니까 이 귀한 명함 나 주지 말고 한 장이라도 아꼈다가 강선우 모르는 사람한테 줘. 내가 응원할게! 꼭 당선될 거예요."

그때의 마음을 뭐라고 표현해야 할까. '나를 지지하고

민주당을 지지해주시는 분들의 마음이 이렇게도 깊은 것이었구나. 후보인 나보다 더 간절한 마음으로 나의 당선을 기원하고 우리 민주당을 지지해주는 분들이 계시구나.' 심장이 뜨거워졌다.

'이렇게 마음으로 안아주시는 분들을 잊지 말아야지. 고단하지만 성실하게 살아가는 삶들을 위해 좋은 질문을 하고 좋은 정치를 해야지. 그걸 위해서 내가 정치판에 뛰어든 거지.' 수만 가지 생각이 마음을 지나갔다. 정치인 강선우로 오늘의 이 순간을 절대 잊지 않겠다고, 강선우의 초심은 지금의 이 마음이어야 한다고 다짐했다.

경선부터 본선을 거쳐 21대 국회에 입성한 후 하루가 어떻게 지나가는지 모르게 바빴다. 새벽 5시면 어김없이 일어나 신문을 챙겨보고 출근하면 그때부터는 스케줄에 맞춰 부지런히 움직여야 했다. 챙겨야 할 지역이슈도 민생을 위한 현안도 할 일이 너무나 많았다. 날로 심각해지는 코로나 팬데믹으로 사회적 약자들의 삶은 더더욱 벼랑 끝으로 몰리는 상황이었다.

그때 기사에서 폐지 줍는 한 어르신의 소식을 보게 됐다. 대전 동구의 한 주택가에서 폐지를 실은 리어카를 끌고 가던 노인이 보도에 주차된 외제차를 긁었다. 수리비 100만 원의 손괴가 발생했고 재판에 넘겨졌다. 재판부는 노인에게 지적장애가 있고 하루 수입이 천 원 단위에 불과하지만 피해자가 처벌의사를 유지하고 있어서 30만 원 벌금형을 선고했다고 밝혔다.

하루 종일 동네 곳곳의 폐지를 주워 리어카에 꽉 채워도 3천 원, 가득 쌓아도 5천 원이라는데 그분에게 30만 원은 얼마나 큰 돈일까. 너무 마음이 아팠다. 도와드릴 방법이 없을까 고민하다가 연락처를 수소문해 벌금 대납을 도왔다. 나중에 기자들이 우리 지역구도 아닌데 어떻게 그랬느냐 물었는데 오히려 우리 지역구가 아니어서 가능한 일이었다. 선거법 위반 소지가 있어 우리 지역구라면 하고 싶어도 못 했을 것이다.

그런데 이후 기자들에게 연락처를 알 수 있냐고 물어봤던 것 때문에 이 소식이 알려지게 됐다. 여러 매체에서 '폐지 줍다 아우디 긁은 노인, 벌금 내준 국회의원' 같은 제목으로 기사가 났다. 갑자기 선행의 아이콘이 된 것 같았다. 민망했다.

어려운 이웃을 보면 마치 제 일처럼 나서서 돕는 따뜻한 사람들이 세상에는 얼마나 많은가. 수해 복구 현장에만 가봐도 생업을 잠시 포기한 채 온몸으로 봉사하시는 분들이 너무나 많다. 그런데 국민의 세금을 받고 사는 내가 그분을 도운 일이 뭐 그리 대단한 일인가. 단지 그 어르신의 입장에서는 너무나도 막막했을 벌금에 대한 부담을 조금 덜어드리고 싶었을 뿐이다. 그리고 더 크게는 하루 종일 폐지를 주워도 먹고 사는 일이 너무 힘겨운 많은 분들을 위한 대책을 마련하고 싶었다. 폐지를 주워 생계를 해결하시는 분들의 현황 파악부터 시작했다.

한국노인인력개발원의 연구 결과 2022년 전국의 폐지수집 노인은 최소 1만 4,800명에서 최대 1만 5,181명이었다. 시도별로는 경기(2,782명), 서울(2,363명), 경남(1,234명) 순으로 폐지수집 노인이 많았다. 집계된 숫자는 생계를 위해 폐지수집에 적극적으로 나서는 어르신들이기에 소일거리로 하거나, 다른 일을 하면서 여유시간에 폐지를 줍는 어르신까지 포함하면 그 수는 더욱 많을 것이다.

생계형 폐지수집 노인 10명의 데이터를 분석한 결과는 더 안타까웠다. 폐지수집 노인의 하루 평균 이동 거리는 12.3km, 노동시간은 11시간 20분이었다. 이렇게 수

집해 재활용되는 물량은 1일 폐지 재활용 물량의 20.6%를 차지한다. 특히 아파트를 제외한 단독주택과 빌라로 범위를 좁히면 폐지수집 노인이 수거한 폐지의 재활용률은 60.4%에 달한다. 연평균 24만 6,000톤의 폐지가 어르신들의 수고로 재활용되고 있는 셈이다. 환경을 지키는 일로 봤을 때도 폐지수집이 가지는 노동의 가치는 귀하다.

그러나 이토록 오랜 시간을 일하는데도 평균 일당은 10,428원, 이를 시급으로 환산하면 948원에 불과했다. 2022년 최저임금인 9,160원의 10% 수준이다. 하루에 수만 보를 그 무거운 리어카를 끌고 이동하지만 빈곤으로부터는 단 한 발짝도 벗어나기 힘든 셈이다. 단기적으로는 정부와 지자체 예산을 투입해 이들을 직접 지원하는 방식으로 수입을 보전해 드려야 하고, 장기적으로는 공공형 일자리로 끌어안거나 사회적 기업과도 연계시켜야 한다.

그러나 윤석열 정부의 정책은 거꾸로 가고 있다. 공공형 일자리 사업에 참여하고자 대기 중인 인원만 무려 10만 명인데, 2023년 노인 일자리를 60만 8,000개에서 54만 7,000개로 대폭 줄인 정부 예산안을 국회에 제출했다. 역대 보수정부인 MB정부도, 박근혜 정부도 공공형 일자리는 늘리면 늘렸지 예산을 삭감한 적은 단 한 번도 없었다.

"어르신들께 민간에서 더 좋은 일자리를 주겠다."라는 말 또한 허울 좋은 핑계일 뿐이다. 공공형 일자리를 찾거나 거리에서 폐지를 줍는 어르신들이 괜찮은 일자리를 몰라서 못 하는 것이 아니다. 민간에서 뽑아주지 않으니 할 수 없거나, 일이 있다 해도 그 일을 할 만큼 건강과 체력이 되지 않는 게 현실이다. 그분들에게는 공공형 일자리가 막막한 생계를 해결하는 벌이로 잠깐의 숨통을 트일 수 있게 해주는 소중한 기회다.

2021년 노인 일자리 사업, 특히 공익활동에는 60만 명 넘게 참가했는데 10명 중 9명이 연 소득 하위 50%에 속하는 저소득층이었다. 그중 70세 이상은 89%, 80세 이상이 30%였다. 도대체 민간 어느 분야에 고령자들이 참여할 수 있는 일자리가 흔하게 있는가. 노인빈곤 해소를 위해서라도 공공형 일자리 예산은 절대로 줄여서는 안 된다.

정치인이 되고 나서 흔하게 받았던 질문 중 하나가 '정치를 무엇이라고 생각하느냐'였다. 초선의원들을 대상으로 진행된 인터뷰에서 "강선우, 본인이 생각하는 정치란 무엇인가"란 질문을 받고, 미국의 유명한 정치학자 데이

비드 이스턴의 "정치는 사회적 희소가치의 권위적 배분 과정(Politics is the authoritative allocation of values for a society)"을 인용해 이렇게 대답했다. "정치는 유한한 자원을 효율적으로 배분하는 의사결정 과정이다."*

사회적인 희소가치, 유한한 자원을 배분하는 데 있어서 의사결정 과정이 반드시 필요한 이유는 국민 삶의 예측 가능성을 높여주기 위해서다. 어제와 오늘 그리고 내일이 일상처럼 이어지기 위해서는 롤러코스터가 아닌 예측할 수 있는 삶이어야 한다. 삶의 예측 가능성을 높이는 것이 정치이고, 이것이 정치인의 역할이라고 나는 믿는다.

미국에 살던 시절 딸아이와 함께 샌프란시스코의 금문교를 보러 갔었다. 금문교를 도보로 걸어 다리 중간에서 바라보는 도시와 바다의 모습은 잠시 숨이 멎을 만큼 아름다웠다.

1937년 완공 이후 샌프란시스코의 상징이 된 금문교는 샌프란시스코 베이와 마린 카운티 시티 사이를 연결하는 길이 약 2,800미터 세계 최초의 현수교이다. 미국토목

---

* [초선의원 릴레이 인터뷰] 〈9〉 강선우 "야당, 제 역할 못해 아쉽다" 데일리한국 (2020.7.22.)

학회[ASCE]에서는 이 구조물을 근대 7대 불가사의로 꼽을 만큼 대단한 건축물이다. 이런 기록이 완성되기까지 당연히 수많은 사람들의 땀과 눈물이 그 바탕이 되었다. 특히 금문교 아래의 물살은 유독 거세고 바닷바람도 세게 불어서 건설 도중 사고가 많이 발생했다. 공사를 시작하고 2년 반 동안 10여 명이 넘는 노동자가 안타까운 사고를 당했다.

인명피해가 이어지자 금문교 감독자였던 조셉 스트라우스는 건설을 멈추게 하고 안전그물망을 설치했다. 비용도 많이 들고 시간도 많이 드는 작업이었기에 반대하는 이들도 많았다고 한다. 하지만 안전그물망이 설치되니 현장의 분위기가 달라졌다. 그물망을 설치했을 뿐인데 설치 전보다 20% 정도 빠르게 공사가 진행되었다. 혹시나 떨어져도 자신을 받아줄 그물이 있다는 생각에 노동자들이 작업에 열중할 수 있었기 때문이다. 실제로 공사 도중 바람에 날려 추락한 19명 노동자들의 소중한 생명을 지킬 수 있었다.

안전망 덕분에 노동자들이 더 힘을 내어 자신의 역량을 발휘했듯 국가가, 우리 사회가 국민 삶의 안전망을 잘 구축해야 국민들이 두려워하지 않고 '시도'를 해볼 수 있다.

혹시나 실패해도 삶의 나락으로 떨어지지 않는다는 확신이 있어야 한다. 거센 바닷바람 같은 삶의 고난을 만나도 나를 지켜주고 위험으로부터 구해줄 사회안전망이 있어야 한다. 그래야 이 안전망을 믿고 자신의 삶도 우리 가족의 삶도 계획할 수 있다. 더 나은 미래를 위해 힘을 낼 수 있다.

그러나 안타깝게도 현실 속엔 생계가 막막해 폐지를 주우러 다니는 노인, 성실하게 살지만 따뜻한 밥 한 끼 먹기 어려운 이웃들이 있다. 사회안전망이 촘촘하지 못해 도움을 받지 못하는 국민들이 여전히 많다.

조부모님 손에서 자라는 손자와 손녀들이 혹여 할아버지, 할머니와 이별한다 해도 걱정 없이 살 수 있는 안전망이 필요하다. 보호시설에서 자라는 아이들이 사회에 나와서 당당하게 자립할 수 있는 기반이 필요하다. 발달장애인의 부모가 자신이 떠난 후에 남을 자녀들을 걱정하지 않아도 되는 시스템이 필요하다. 부모님의 치매로 자녀 중 한 사람이 자신의 생계와 일상을 포기하는 일이 없어야 하고, 적어도 병원비를 댈 수 없어 소중한 생명을 잃는 일은 없어야 한다.

　나의 정치는 느슨하고 허술한 우리 사회의 안전망을 촘촘하게 메우는 일, 그래서 혹 삶의 굽이굽이 발을 헛디뎌도, 갑작스러운 돌풍을 만나도 일상이 바닥으로 추락하는 일이 없게 만드는 일이다.

　국회에 들어온 지 햇수로 4년, 평범한 일상을 지키는 더 따뜻한 정치. 사회적 약자도 소외되지 않는 든든한 돌봄을 향한 꿈은 여전하다. 가족도 없이 홀로 사는 노인도 내일에 대한 걱정 없이 살아갈 수 있는 나라를 만드는 일. 명함 한 장이라도 아끼라며 온 마음으로 나를 응원해주셨던 그 지지자분과의 약속을 지키는 길이다.

사람이 할 수 있는
가장 중요하고 아름다운 일, 사랑

"의원님, 화나니까 무섭던데요. 맨날 우리 보고 웃으면서 인사하는 거만 봐서 그런 줄 몰랐는데 아주 대단하던데요."

이태원 참사가 일어나고 얼마 후 국회 예산결산특별위원회에서 이상민 행정안전부 장관을 향한 질의를 보고 지역주민들께서 말씀하셨다. "강의원이 그렇게 화내는 거 처음 봤어요. 그래도 누구 하나 그렇게 물어주는 사람 있어야지." 라는 말씀이셨다.

예결위에서 질의를 하기 직전 만나고 온 이태원 참사 유가족들의 모습이 눈에 선했다. 갑작스레 떠나보낸 가족 이야기를 하면서 들썩이던 마른 어깨와 등, 말 한마디조차 제대로 이어갈 수 없을 만큼 슬픔이 목까지 차올라 있던 그분들의 모습이 질의 내내 떠올랐다.

그날 그 시간 이태원 골목에 있었다는 이유로 159명이 목숨을 잃었다. 그런데 이상민 장관을 비롯한 윤석열 정부의 그 누구 하나 제대로 사과하지 않았다. 오로지 책임을 회피하기 위한 발언만 이어갔다. 심지어 "누군들 폼 나게 사표 쓰고 싶지 않겠냐."는 망언까지 내뱉었다. 국무위원이 왜 존재하는지 자신들의 역할이 무엇인지 아는 '어른'이 하나도 없었다.

10월 29일 토요일, 평소 같으면 이태원에 놀러 갔을 딸은 집에 있었다. 몇 주 전 산책을 하다가 발목을 접지르는 통에 넘어져 왼팔과 오른쪽 다리에 기브스를 한 상태였다. 몇 년 만에 다시 열린 축제인데 못 갔다고 딸아이는 아쉬워했다. 내년에는 꼭 갈 거라고.

다쳐서 저도 고생이지만 몇 주간 머리 감겨주고 샤워시켜주느라 고생한 엄마 생각은 안 하고 이태원 못 간 것만 아쉬워하는 모습이 살짝 얄미웠다. 그러면서도 저런 게 청춘이지, 나도 저런 때가 있었지 싶었다. 그리고 얼마 뒤였을까? 갑자기 속보가 뜨기 시작했다. 이태원 축제 현장에서 사고가 났다는 소식이었다. 도심 한복판에서 사람들이 서로 뒤엉켜 사고가 났다니 믿을 수가 없었다.

그 밤 20~30대 젊은 자녀와 같이 있지 않았던 부모님들은 모두가 자식의 안부를 확인하느라 밤을 지새웠다. 애들이 잠을 자느라 전화며 문자를 확인하지 않아 밤새 맘을 졸였다는 부모님도 많았다. 참사 당시 그 자리에 있었던 사람들은 그냥 평범한 시민들이었다.

이태원 참사 직후 "사람 많을 걸 알면서 거길 뭐하러 갔느냐."는 비난을 하는 사람도 있었다. 안타까운 마음에서 나온 소리였겠지만 젊은이들이 이태원에 간 것은 잘못이 아니다. 일을 하러 갔든, 축제를 구경하러 갔든, 다른 곳으로 가려고 이동 중에 들렀든, 그 어떤 이유가 있든, 그게 무엇이든 그들의 잘못은 없다. 잘못은 국가에 있다. 코로나 팬데믹 이후 몇 년 만에 열리는 축제로 군중의 밀집이 예상됐음에도 사전에 예방하지 않고 주의를 기울이지 않은 명백한 국가의 잘못이다.

이태원 참사도, 세월호 참사도 본질은 소중한 생명이 희생됐다는 사실이다. 축제를 보러 갔다가, 학교에서 떠나는 수학여행에 참여했다가 귀한 목숨을 허망하게 잃은 참

사다. 제대로 된 대처가 있었다면 충분히 방지하고 희생을 줄일 수 있는 사고였다. 여야를 떠나 국가의 녹을 먹는 사람이라면, 그리고 이 사회를 함께 살아가는 사람이라면 누구라도 머리 숙여 사과부터 해야 한다. 그런데 참사가 벌어질 때마다 공방과 정쟁이라는 단어가 더 많이 뉴스에 보도된다. 여당이 보는 참사가 따로 있고 야당이 보는 참사가 따로 있는 듯하다. 서로의 잘못을 지적하고 자신들의 입장을 옹호하기 위한 논쟁이 이어진다. 그 가운데 희생자와 생존자, 피해당사자들의 목소리는 묻히고 만다.

그 무엇과도 바꿀 수 없는 가족을 잃은 이들의 아픔은 제대로 전달되지 않는다. 때로 우리 가족이 왜 그렇게 희생되어야 했는지 정확히 알고 싶다는 그 눈물 어린 호소를 반정부 시위라며 몰아세운다. 좌파, 빨갱이라는 색깔론까지 등장한다. 자식을 잃고 부모가 되어서 아무것도 해주지 못했다는 자책감에 울부짖는 그들을 향해 생떼를 쓴다고 비난한다. 누구도 그들의 목소리에 귀 기울여주지 않고, 울며 소리 지를 수밖에 없는 그들의 마음을 헤아려주지 않는다.

참사 희생자와 유가족뿐 아니라 어떤 상황에서, 또 어쩔

수 없는 환경으로 사회에서 상대적인 약자가 되거나 소외
되는 이들에게는 그들의 주장을 정당화해줄 논리적 기반
이 부족하다. 우리가 절대적인 진리나 완벽한 사실에 가깝
다고 믿는 세상의 많은 지식들이 약자보다는 강자들의 자
본과 힘으로 만들어졌고 그들의 필요에 의해 생산된 것들
이기 때문이다.

　장애인이 자신들의 이동권을 보장해달라는 시위를 벌
이는 것은 단지 이동권만의 문제는 아니다. 혼자서는 자유
로운 이동이 불가능하기에 장애인은 투표를 하러 가기 어
렵다. 참정권 행사에 침해를 받는다. 모든 국민이 받는 의
무교육이지만 매일 등교하기 어려워 교육받을 권리를 누
리지 못한다. 장애인이라서 받는 차별과 냉대의 경험은 너
무나 많지만 그저 개인적인 것으로 치부되고 만다. 차별받
는다는 것이 소위 '증명'이 되려면 수많은 장애인을 대상
으로 설문조사를 벌이고 그 내용을 수치화해야 하는데 그
비용을 지불할 주체가 없다. 자연스럽게 약자들의 인권보
호를 위한 근거 자료나 정보는 잘 생산되지 못한다. 이 같
은 상황은 기존의 자료를 바탕으로 만들어지는 법과 제도
에서 또다시 사회적 약자들이 소외되기 쉬운 현실을 강화

시킨다.

국가의 존재 이유는 여기에 있다. 냉정한 자본의 논리가 작동하는 사회적 약자들의 지지대와 보호막이 되어주어야 하는 것이 정부이고, 약자를 위한 지식을 생산하도록 압박하는 것이 입법부가 해야 할 일이다. 강자와 약자를 나누고 약자의 편만 들자는 것이 아니다. 그 누구도 스스로 선택하지 않은 것들로 인해 소외되지 않도록, 마땅히 누려야 할 일을 누리지 못하고, 당연히 보장 받아야 할 기본권이 침해받지 않도록, 미처 살피지 못한 사각지대를 보듬고 살피는 것이 국가의 역할이라는 이야기다.

그러나 이 같은 거창한 논리보다 더 중요한 건 정치도 결국 '사람의 일'이라는 것이다. 정치인으로 내가 여당이든 야당이든 그것이 정치적으로 위기에 처할 사건이든 아니든 고통과 슬픔에 빠진 국민이 있다면 함께 울어주고 그들의 이야기에 귀를 기울여주는 것이 정치가 해야만 하는 일 아닐까. 힘들고 고단한 이들의 마음을 헤아려주고 단 하나의 짐이라도 덜어주려고 하는 것이 '좋은 정치'가 아닐까.

이태원 참사 유가족들을 만나 가장 많이 했던 고민도 내가 하는 질의가 그분들의 아픔을 조금이나마 달래는 데 진정 도움이 될 수 있을까, 내가 그분들의 이야기를 정확하게 들었을까 하는 것이었다. 참사 책임자들의 사과를 받고 희생자들을 기리고 다시는 이런 참사가 일어나지 않도록 하는 것이 국민의 일꾼으로서 나에게 중요한 일이지만 여당과 야당의 소모적인 정쟁 속에 정작 유가족들의 마음을 충분히 대변하지 못하고 있는 것 아닐까 죄송했다.

2015년 백인우월주의 청년이 난사한 총에 9명의 국민이 희생되었을 때 오바마 대통령이 찰스턴 교회에서 했던 연설을 기억한다. 오바마 대통령은 연설 도중 말을 잇지 못하는 듯 잠시 침묵하다가 〈어메이징 그레이스〉를 선창했고 이에 현장에 있던 많은 사람이 합창했다. 그 어떤 연설보다 훌륭한 연설이었다. 지도자이기 앞서 한 사람으로 슬픔에 젖은 사람들을 위로하는 따뜻한 추도사였다.

정치를 잘해야 국민이 잘 산다고 하지만 사람이 있어야 정치도 있다. 사람과 사랑이라는 글자가 닮은 이유는 사람이 해야 하는 가장 중요한 일이 사랑이기 때문일 것이다. 사람을 사랑하는 정치를 하고 싶다. 모든 국민은 내게 유권자이기 앞서 사랑해야 할 사람이다.

나에게 성공이란

자신의 성향을 설명하는 MBTI로 보면 나는 내성적인 성향이라는 I에서도 소문자 i에 가깝다. 학창시절 공부를 잘하는 편이었음에도 크게 눈에 띄지 않는 아이였다. 남들의 주목을 받는 것에도 큰 관심이 없었고 오히려 혹시나 주목받을까 봐 두려웠다. 수업시간 선생님의 질문에도 작은 목소리로 답을 했다. 친구들 앞에 나가 큰 소리로 이야기하는 건 너무 부담스러웠다. 우등생인데다 성실한 편이라 반장을 맡았던 적도 있는데 그 시절엔 학급회의를 주도하는 일이 힘겨웠다. 학창시절 가장 마음에 들었던 역할이 서기라고 하면 어떤 아이였는지 짐작이 될 것이다. 있는 듯 없는 듯 조용히 지내면서 내 할 일을 하는 것이 내 성향에 가장 잘 맞았다. 이런 내가 국민을 대표하는 국회의원이 되어 아동학대 예산 확보와 발달장애인 참사 대책 마련 촉구를 위해 동료의원들을 설득하고자 친전을 돌리고, 지역발전을 위한 예산을 조금이라도 늘리기 위해 목소리를 높이고, 가끔은 국무위원과 거세게 논쟁도 하다니… 게다가 국민 생명은 뒷전이고 그저 책임만 모면하려는 장관을 거세게 몰아붙이며 사퇴를 촉구하다니… 주변 사람들이 너무도 놀라워했다.

2020년 총선을 앞두고 한참 선거운동을 하던 때였다. 우장산동의 대형 아파트 단지 앞에서 정신없이 출근인사를 하는데 "어머 너 선우 아니니?" 한 여성의 목소리가 들렸다. 반가움과 놀라움이 담긴 목소리의 주인공은 대학동창이었다. 대학교를 졸업하고 교류가 거의 없었으니 거의 20여 년 만이었다. "어머 너 여기 웬일이야? 너 국회의원 나온 거야?" 친구의 물음에 "어, 나 국회의원 나왔어. 너 여기 사니? 친구를 유권자로 만날 줄은 몰랐네." 어색하게 악수하고 다음에 다시 만나자며 연락처를 주고받았다.

짧은 시간이었지만 나를 보며 놀라워하는 표정이 역력했다. 조용하고 말 없던 강선우가 국회의원이 되겠다며 사람들 앞에서 인사를 하고 연설을 하다니 상상조차 못 해봤을 것이다. (물론 이후 국회의원이 된 나를 거리에서 자주 마주치면서 친구도 이제는 익숙해진 듯하지만) 실은 나 역시 2016년 전에는 상상조차 해보지 못한 일이었다. 이런 나를 두고 "국회의원도 되고 강선우 성공했다."고 놀라움을 표현하는 친구들도 있다고 했다. 그러게, 나 정말 성공한 건가?

학창시절 정치에 특별히 관심이 많았던 것도 아닌, 리더가 되거나 사람들의 주목을 받는 것도 좋아하지 않았던 나. 사실 정치인 강선우로 사는 일이 쉽지만은 않다. 가족들의 일상에도 정치인 강선우의 그림자가 드리워진다. 가족들이 하는 일에도 '공인의 가족'이라는 잣대가 먼저 놓이기에 가족들 또한 적지 않은 마음의 부담을 안고 산다. 결코 자유로운 삶이라고 할 수 없다.

요즘 유행하는 '저녁이 있는 삶'의 관점에서 보자면 그 또한 열악한 환경이다. 노동자의 인권과 워라밸 향상을 위한 일에는 앞장서지만 대부분의 국회의원과 보좌진들에게 워라밸은 없다. 지역행사는 주로 주말에 있는데다 국민의 세금을 월급으로 받는 이상 지역의 현안과 국민의 안녕 앞에서 주말과 공휴일을 챙길 순 없다. 오히려 단 한 분이라도 더 만나기 위해 주말에도 시간을 쪼개야 한다. 어찌 보면 국회의원도 하나의 직업일 뿐이지만, 직업 그 이상의 소명과 책임감이 필요하다.

국회의원이 되고 나는 사람들의 이야기를 듣고 사소한 것이라도 불편을 해소하고 도움이 될 수 있다는 것이 너무도 행복했다. 택시 기사님들을 만나 밥을 한 끼 먹다 보면 카카오택시 같은 새로운 플랫폼 때문에 어려워진 그분들의 형편을 조금이나마 개선해줄 방안을 고민할 수 있었다. 비록 내가 속한 보건복지위원회의 소관업무가 아니라도 다른 의원님이 발의한 법안에 힘을 보태고 의견을 나눌 수 있다.

입법을 통한 변화만이 아니다. 지역 유권자들의 삶의 질을 높이는 일 또한 내게는 크나큰 기쁨이었다. 까치산역 앞 도로는 유동인구가 많은 곳임에도 횡단보도가 충분하지 않았다. 신호등이 없어 너무 불편하다는 주민들의 말씀을 듣고 바로 실천에 나섰다. 지역주민들께 일일이 서명을 받아 2,800여 분의 뜻을 모았다. 그 청원서를 직접 서울경찰청에 접수했다. 시·구의원과 함께 끊임없이 현장을 찾아 설치 필요성을 꾸준히 제기했다. 오랜 노력 끝에 결국 횡단보도가 추가로 신설되었다.

요즘도 지역구를 이동하다 그 횡단보도를 볼 때면 얼마나 뿌듯한지 밥 안 먹어도 배부른 느낌이 뭔지 알 것 같았다. 지역 곳곳 체육시설이며 복합복지센터도 건립하고 노후 학교시설을 정비, 개선하는 일도 꾸준히 하고 있다. 서부광역철도에 대장홍대선 민간철도 사업도 추진하면서 더 빠르고 편리한 강서구를 만들고 있는 것도 큰 보람이다.

평소 지역주민들께서 "예쁘다~!"고 농담을 던지시면 부끄러움에 몸둘 바를 모르는 나지만 이런 일들은 "이거 제가 만든 거잖아요", "이거 제가 한 거예요!" 먼저 나서서 자랑하기도 한다. 내가 누군가를 위해 도움이 된다는 것, 쓰임이 있다는 것이 너무도 기쁘고 행복하다. 살아있음의 행복이 느껴진다. 나의 자존감은 이런 순간에 확 올라간다.

미국의 정치가이자 사상가인 랄프 왈도 에머슨 Ralph Waldo Emerson 은 〈What is Success? 무엇이 성공인가〉라는 시에서 이렇게 말했다.

건강한 아이를 낳든, 작은 정원을 가꾸든,

사회 환경을 개선하든,

세상을 조금이라도 더 좋은 곳으로 만들고 떠나는 것

당신이 살아 있었기 때문에

단 한 사람의 인생이라도 조금 더 쉽게 숨 쉴 수 있었음을 아는 것

이것이 진정한 성공이다.

횡단보도 덕분에 먼 길을 돌아가거나 무단횡단을 하지 않아도 되는 것처럼 내가 국민의 일꾼으로서 열심히 일한 덕분에 단 한 사람이라도 삶의 질이 조금 높아질 수 있다면, 내가 만든 정책 덕분에 하루하루 시간을 견뎌내는 사람들이 그 고단함을 조금이나마 보상받을 수 있다면 나는 더없이 성공한 사람이다. 이 뿌듯함, 일하는 보람을 정치를 하며 가능한 많이 느끼고 싶다. 내가 바라는 진정한 성공이다.

딸아이의 편지

"좋겠어요~ 나는 딸 가진 엄마가 제일 부럽더라. 이십대 되니 딸이 친구 같죠?"

아들만 둘 키운다는 분의 '딸 있어서 좋겠다'는 말에 "발달장애가 있어서 그러긴 어려워요."라고 필요 이상으로 솔직해지면 상대가 미안해할까 봐 "아, 네. 그렇죠." 얼버무리고 만다.

쇼핑몰이나 영화관에서 엄마처럼 보이는 여성과 팔짱을 끼고 걸어가는 딸아이 또래의 친구들을 보면 부러운 마음이 솟곤 했다. 저 딸들은 엄마랑 며칠 전에 한 소개팅 이야기도 하고, 좋아하는 배우 이야기도, 이상형 이야기도 같이 하겠지. 맛집도 공유하고 엄마에게 최신 유행도 알려주고 90년대 말 2000년대 유행이 다시 돌아왔다니 그 옛날 엄마 옷도 꺼내 입어보겠지. 가끔은 나에게도 친구 같은 딸이 있었으면 좋겠다는 생각을 하곤 했다.

몇 해 전 크리스마스였다.

"엄마 이거 선물." 저녁을 먹고 소파에 앉아 있는데 아이가 카드를 한 장 내밀었다. 루돌프 이미지가 프린트 된 카드였다. 접힌 부분을 펼쳤다. 카드에는 또박또박 한글이 딱 한 줄이 적혀 있었다. "내 친한 친구가 되어주어서 고마워."

친한 친구. 그 단어에 눈길이 오래 머물렀다. 친한 친구가 되어줘서 고맙다고 그 한 줄을 적으려고 하루 종일 루돌프 이미지를 찾고 영어로 자신의 마음을 적은 다음 한글로 번역했을 것이다.

눈물이 떨어질까 봐 얼른 껴안고 "고마워! 엄마도 사랑해." 뽀뽀세례를 퍼부었다.

친구 같은 딸이 있다면 좋을 거라고 상상했지만 엄마의 대화상대가 될 만한 20대의 딸들은 실은 주말이면 엄마보다 남자친구 만나기 바빠 부모는 관심 밖일 때가 더 많을지도 모른다. 크리스마스 같은 특별한 날 가족과 함께하기보다는 친구와 함께, 연인과 함께가 더 우선일지 모른다. 그뿐인가. 지금도 내 딸은 나의 스킨십에 더 큰 스킨십으로 화답한다. 엄마를 다독여주고 안아주고 뽀뽀해준다. 엄마 품 안에 포옥 안기던 아기 때나 다 큰 성인이 된 지금이나 변함없이 엄마를 기다리고, 집에 돌아온 엄마를 너무도 반기고, 있는 그대로 감정을 표현해준다. 내가 부러워했던 엄마들은 아이가 클수록 누리기 쉽지 않은 행복일 것이다.

친한 친구가 되어주어서 고맙다는 카드는 지금도 내 책상에 놓여있다. 나의 가장 친한 친구, 나의 베스트 프렌드 내 딸. 그날부터 나는 딸아이를 진짜 친구처럼 대한다. '얘기해도 잘 모를 거야' 생각하고 그냥 넘겼던 일들을 나눈다. 국회의원이 하는 일이나 시사 이슈는 잘 몰라도 아이는 나의 감정을 있는 그대로 받아준다. 내가 조금 불쾌했다고 말하면 "엄마 기분 나빴겠네."라고 동조해주고 "그건 그 사람이 잘못한 거야."라고 내 편을 들어준다.

2016년 총선 비례대표 자격을 받았지만 누구나 예상했듯 당선에 실패하고 2020년 강서갑에 출마해 경선을 거쳐 본선을 치를 때까지 누구보다 많이 참아주고 나를 기다려준 사람은 다름 아닌 딸아이다. 2020년 총선 당시 특수학급이 있는 학교에 다니느라 집에서 거리가 있는 고등학교에 다니고 있었는데 새벽에 나가 밤늦게 들어오다 보니 제대로 돌봐줄 새가 없었다. 자는 아이를 보며 새벽 인사를 나가고 어두운 밤 집에 들어와 또다시 자는 아이를 보고 살짝 입맞춤을 해주는 게 전부였다. 선거가 끝나고 당선 인터뷰를 하면서 가장 고마운 사람이 누구였는지 묻는 질문에 '우리 딸'이라고 대답했던 것도 다른 아이들보다 엄마 손이 많이 필요한 아이가 엄마의 부재를 견디는 게 얼마나 힘들었을지 알고 있었기 때문이었다.

하지만 한 달여의 긴 부재에도 딸은 한번도 나를 원망하지 않았다. "엄마 언제 와?" 전화나 문자로 묻긴 했지만 재촉하지 않았다. 그저 나를 한 번이라도 만나게 되면 온 마음으로 반가워하며 기뻐했다.

게다가 요즘은 내년에 있을 총선을 나보다 먼저 걱정하고 있다. 우리집 반려견 심바와 함께 엄마 캠페인에 내가 참여해야 하는데 기숙학교에 다니는 터라 그러지 못해서 어떡하냐고, 나에게뿐 아니라 본인이 다니는 학교의 학장님께도 고민상담을 했단다. 나는 늘 아이를 물가에 내놓은 어린애마냥 걱정하는데 이제 좀 컸다고 아이가 내 걱정을 한다.

프레더 윌리 증후군을 가지고 태어난 딸을 키우면서 힘들고 고단한 날들도 많았다. 성인이 되어도 어린 아이와 같은 수준의 지능을 보이는 탓에 언제까지 보살펴야 할까, 언제쯤 육아 아닌 육아가 끝이 날까, 지치는 순간도 많았다. 그러나 돌아보면 아이가 있어 힘을 냈고 엄마였기에 다시 일어섰다. 아이는 엄마인 나보다 항상 더 씩씩했다.

성장호르몬이 제대로 분비되지 않는 프레더 윌리 증후군 아이들은 근육이며 뼈가 약하다. 몸의 가장 큰 지지대 역할을 하는 척추뼈 또한 단단하지 못해서 척추측만 합병증을 겪는 친구들이 대부분이다. 딸아이 역시 2년 전 척추를 바로 세우고 고정시키는 큰 수술을 했다. 이뿐만이 아니다. 골반과 고관절 등 하지를 이루는 뼈가 근육의 지지를 받지 못하는 탓에 철제 플레이트로 연결하는 수술을 서너 차례나 했다. 키가 조금씩 자랄 때마다 플레이트를 바꿔줘야 했기 때문이다. 수술로만 끝나지도 않았다. 수술할 때마다 마치 걸음마를 배우는 아기처럼 6개월 정도의 재활을 해야 했다. 심지어 수술 후 재활 기간에 넘어지면서 뼈가 으스러지는 중상을 입기도 했다. 견뎌내기 쉽지 않은 시간이었다.

하지만 수차례의 전신마취와 수술에도 딸은 씩씩하고 굳건했다. "수술하고 나면 좋아지는 거야!" 엄마 말만 믿고 스르르 잠이 들었는데, 마취에서 깨어나자마자 맞닥뜨린 통증에 작은 입술을 바르르 떨며 "수술하고 나면 금세 좋아진다고 거짓말을 했어." 하며 엄마를 원망했지만 그렇다고 좌절하진 않았다. 재활 치료도 열심히 했고 병원에서도 누구보다 명랑하게 생활했다. 마취에서 깨어나 울다가 어린이병원에서 제공하는 병원식의 메뉴를 보며 "혹시 2개 골라도 돼요?"라고 해맑게 웃던 내 딸. 이런 아이를 사랑하지 않고 배겨낼 사람이 있을까.

그렇기에 부모 노릇이 힘들다고 불평할 수 없었다. 부정이나 우울을 모르는 아이 앞에서 좌절하는 게 더 어려웠다. 발달장애 딸이 있어서 삶이 고단했으리라 짐작하는 분들이 많지만 딸을 보며 긍정을 배웠고 미처 보지 못하던 세상의 더 많은 그늘을 알게 되었고, 사회적 약자들에게 더 깊이 공감할 수 있었다.

주말이라 집에 온 딸아이는 지난주에 이어 오늘도 자기가 좋아하는 오빠 이야기를 하고, 오빠가 자신을 왜 좋아하는지도 설명해준다. "귀여워서"란다. 그 말을 스스럼없이 하는 모습이 너무도 천진난만해 웃음이 난다. 그렇다고 우리 애가 늘 즐겁고 유쾌한 것만은 아니다. 여전히 마음대로 되지 않으면 어린 아이처럼 떼를 쓰고 시간과 장소에 관계없이 도전 행동을 한다. 심지어 어느 날 학교에서도 수업에 들어가지 못하는 날도 있다.

하지만 그보다 훨씬 더 많은 순간 나를 웃음 짓게 하고 남자친구 이야기를 같이 하고 중고등학교 친구들의 근황을 전한다. 글을 통한 학습능력은 부족하지만 기억력은 또 얼마나 좋은지 어린 시절 함께 한 여행의 추억을 마치 영화의 한 장면 묘사하듯 잘 되새긴다. 이만하면 나의 베스트 프렌드 아닐까.

인디언 속담에 '친구는 나의 짐을 함께 짊어지고 가는 자'라는 말이 있다고 한다. 엄마를 가장 친한 친구라 불러주는 내 딸. 딸아이의 진정한 친한 친구가 되기 위해, 같은 발달장애를 지닌 모든 친구들을 위해 나는 더 많은 짐을 짊어지고 싶다. 발달장애인뿐 아니라 세상의 모든 약자와 소수자의 '베스트 프렌드'가 될 수 있도록.

디어 마이 프렌드

자세히 보아야 예쁘다

따뜻한 햇살이 꽃을 키우듯 따뜻한 시선이 사람을 키운다

부탁해줘서 고마워!

고맙고 애틋한 우리 딸

완전히 이해할 순 없지만 오롯이 사랑할 수 있다

누구도 소외되지 않는 사회, 차별받지 않는
따뜻한 세상을 만드는 일이 중요하지 않을까.
사회 전체가 건강하고 안녕해야 비장애인도
발달장애인도 평온한 일상을 꾸려갈 수 있다.
곳간에서 인심 난다는 말처럼 건강하고
행복한 공동체에서 약자와 소수자에 대한
너그러움과 포용력도 커질 것이다.

자세히 보아야 예쁘다

학창시절이나 지금이나 광화문 교보문고 빌딩의 글판은 그 주변을 지날 때면 일부러 찾아보게 된다. 짧은 한 줄의 문장인데 울림은 참 깊다. 저렇게 좋은 글귀들을 어떻게 찾아내나 글판을 만드는 이들이 궁금해질 때도 있다.

2012년 광화문 글판에 등장한 뒤에 많은 이들에게 사랑을 받게 된 시가 한 편 있다. 나태주 시인의 시 〈풀꽃〉이다. 시는 길지 않다. "자세히 보아야 예쁘다. 오래 보아야 사랑스럽다. 너도 그렇다." 딱 세 줄이다.

"너도 그렇다." 저마다 최선을 다해 하루하루의 시간을 견뎌내지만, 남들과 비교해 특별하기 어렵고, 때로는 평범해지는 게 소원일 만큼 평균의 삶을 유지하는 것도 쉽지 않다. 그렇지만 대단한 것 없어 보이는 우리에게도 자세히 오래 바라보면 우리만의 아름다움이 있다고, 저마다 특별함이 있다고. 이 시를 보면서 새삼 위로를 받는다.

나태주 시인은 예쁘고 사랑스러운 점을 발견하는 비결이 자세히 보고, 오래 보는 것이라고 말한다. 시인의 말처럼 무엇이든 자세히, 그리고 오래 보면 전에는 보지 못하던 아름다움을 발견하게 된다.

지금은 파리를 대표하는 명물 에펠탑도 처음 세워질 당시는 엄청난 반대에 부딪혔다. 오죽하면 에펠탑 공사가 시작되고 얼마 되지 않아 47명의 문예인들이 건설 반대성명을 냈고 프랑스를 대표하는 작가 모파상은 에펠탑이 세워진 후 매일 에펠탑을 찾아 식사를 했다고 한다. 에펠탑이 안 보이는 곳이 에펠탑뿐이라는 게 그 이유였다. 그러나 '파리의 흉물'이 될 것이라는 사람들의 우려와 달리 에펠탑은 파리를 대표하는 건축물이 되었고 지금도 많은 이들이 사랑하는 건축물이다. 워낙 파리 한가운데 우뚝 서 있어 어쩔 수 없이 마주치게 됐지만 그렇게 자주 보게 된 것이 에펠탑의 멋과 아름다움을 발견하게 된 비결이었던 것이다.

심지어 심리학에는 에펠탑 효과Eiffel Tower Effect라는 용어까지 생겨났다. 한 대상에 대해 부정적이거나 무관심한 감정을 가지다가 자주 접하게 되면서 호감도가 높아지고 거부감이 사라지는 현상을 의미한다.

발달장애인을 자주 만나고 함께 일을 해본 분들이 항상 하시는 말씀이 있다. 발달장애인을 오래 만나면서 자세히 보면 안 예쁜 아이가 없다고.(이 문장을 쓰고 나니 왜 이렇게 울컥하는지.) 저마다 나름의 장점이 있고 귀여움이 있고 자신만의 뚜렷한 개성이 있는 사람들이라는 이야기다. 그런데 저마다의 개성을 보기도 전에 발달장애라는 범주에 가두다 보니 한 사람 한 사람, 사람 그대로의 그들을 잘 보지 못한다는 것이다.

통합교육을 위해 아이를 일반학교에 보낸 발달장애인 부모님들이 가장 아쉬워하는 부분 역시 장애인이라는 시각에서 아이를 바라보는 일이 적지 않다는 것이다. 발달장애를 가졌다 해도 아이들마다 잘하는 분야가 분명히 있고 아이의 개성이 있다. 그럼에도 그냥 '장애인이니 배려할 부분이 많겠지'에만 초점을 맞추다 보니 학교에 가서도 아이들과 함께 어울리기보다 특수반 혹은 도움반에 머무는 시간이 많다.

게다가 장애인이라고 하면 분명 무언가 많이 도와주고 배려해야 하는 부담스러운 사람이라는 생각이 전제가 되다 보니 만나기 전부터 걱정이 크다. 혹시 말 한마디라도 잘못하면 장애인을 무시했다고 비난받지 않을까. 그러느니 아예 만나는 일을 줄이는 것이 편하다고 생각하는 것일지도 모른다.

장애인에 대한 지나친 배려가 배제로 이어지는 안타까운 결과를 낳는다.

발달장애의 개념을 찾아보면 "사회적인 관계, 의사소통, 인지 발달의 지연과 이상을 특징으로 하고, 제 나이에 맞게 발달하지 못한 상태를 모두 지칭한다."고 나온다. 언어, 인지, 운동, 사회성 등이 또래의 성장 속도에 비해 크게 느려서 실생활에서 활용할 수 있는 자조 능력이 떨어지는 상태를 대개 발달장애라고 표현한다. 조금 더 자세히 들어가 보면 지적장애나 뇌성마비, 유전장애, 염색체 장애 등이 발달장애에 포함된다. 아마도 이 중에서 우리가 가장 흔히 만나는 발달장애는 자폐 스펙트럼이나 다운증후군일 것이다.

　자폐 스펙트럼 장애라는 단어를 들으면 떠오르는 모습은 어떤 것일까. 〈이상한 변호사 우영우〉의 방영 이후 자폐 스펙트럼에 대한 이해도가 조금 높아지긴 했지만 여전히 자폐라고 하면 타인의 언어나 과거에 들었던 이야기를 반복하는 반향어, 혹은 독특한 몸짓이나 손짓을 연상하는 경우가 많다. 그리고 우영우처럼 기억력이 아주 뛰어난 사람이라고 생각한다거나 의사소통이 전혀 되지 않고 사람과 정서교류가 아예 되지 않는 사람일 거라고 짐작하기도 한다. 스펙트럼이라는 단어가 붙은 것처럼 개인마다 다른 증상과 특성을 가지고 있음에도 자폐라는 단어에 갇혀 '그 사람은 이럴 것'이라는 편견을 갖게 되는 것이다.

　서진학교(서울 강서구에 위치한 특수학교) 설립과 관련해 여러 번 이어지던 찬반토론에서도 이런 편견을 확인할 수 있었다. 학교 건립을 반대하던 한 동네 주민이 "아이가 아직 어린데 특수학교를 지으면 놀이터에 나갈 수 없다."며 설립을 추진하는 부모님을 붙잡고 하소연했다. 그들이 생각하는 발달장애인은 전혀 통제가 안 되고, 말귀도 못 알아듣는 사람이기에 아이들에게 위협이 될 수도 있다는 주장이었다. 당연히 하실 수 있는 우려.

강서퍼스트잡지원센터 이은자 센터장은 자조모임의 경험을 이야기한다. 모임을 가질 때면 거의 30명 정도 되는 성인발달장애인들과 식당을 자주 찾는데 처음 식당에 들어갈 때면 이 손님들을 어떻게 대해야 할지 어려워하고 당황하던 분들이 몇 번씩 찾아가서 안면을 익히게 되면 발달장애인 모임을 반긴다는 것이다. 적지 않은 숫자이니 매출에 도움이 되는 것도 있지만 20대, 30대의 나이에도 천진난만한 아이들처럼 맛있다고 칭찬하고 감사하다고 인사도 잘하는 모습에 다음에도 또 오라고, 음식 맛있게 해주겠다고 진심 어린 인사를 건넨다는 것이다.

강서구 서진학교 설립을 위한 엄마들의 고군분투를 담은 다큐멘터리 영화 〈학교 가는 길〉의 김정인 감독도 장애에 특별한 관심을 가진 사람이 아니었다고 한다. 그런데 다큐멘터리를 찍으면서 자연스럽게 발달장애 아이들과 만날 기회가 많아졌고 자주 만나다 보니 아이들마다의 장점과 특성을 발견하게 됐다고 한다. 그리고 이후부터는 다른 발달장애인에 대해서도 조금 더 호감을 갖고 친숙해지게 됐다는 것이다.

사실 우리가 어떤 사물이나 존재에 대해 가지는 편견은

소통이나 교류의 기회 또 노출의 빈도 부족에서 이어지는 부작용일 수 있다. 자조모임을 반기게 된 식당의 사장님이나 영화감독처럼 자주 만나면 발달장애인에 대해 알게 되고 막연한 두려움이나 거부감에서 벗어날 수 있을 것이다. 그리고 더 오랜 시간 그들과 함께하다 보면 장애인이라는 하나의 범주가 아니라, 저마다의 특성과 장점을 가진 한 인격체로서 그들을 이해하게 되고 보다 편안하게 대화할 수 있게 될 것이다. 반대로 발달장애인은 비장애인과의 소통을 통해 사회에 적응하는 법을 천천히 배워가며 자립할 수 있는 기반도 마련할 수 있지 않을까.

자세히 보아야 예쁘다. 오래 보아야 사랑스럽다. 발달장애인도, 우리 모두도 그렇다.

따뜻한 햇살이 꽃을 키우듯
따뜻한 시선이 사람을 키운다

김재준 씨 이야기

아침 7시 재준씨의 하루가 시작된다. 교남학교(강서구에 위치한 사립특수학교)를 졸업한 뒤 코로나와 함께 보낸 2년, 마땅히 갈 곳이 없어 뭔가 무료하던 아침과는 다른 시간이다. 세수를 하고 옷을 입고 출근준비를 하는 재준씨의 얼굴이 봄날의 햇살처럼 밝다.

올해 스물다섯, 재준씨는 올 1월 활동지원기관인 좋은세상이웃사람들 이라는 비영리민간에 취직했다. 비장애인 복지사선생님들과 함께 일하는 곳. 재준씨를 부르는 호칭도 달라졌다. 재준아~ 혹은 재준씨가 아니고 '재준쌤'이다. 다른 복지사선생님들과 같은 호칭이다.

직업훈련이나 체험이 아닌 취업이라 걱정도 있었지만

복지관에서 직업훈련을 1년 8개월 정도 받고 출근한 덕분인지 비교적 쉽게 적응했다. 특히 3월초 워크샵을 다녀온 후 재준씨는 눈에 띠게 명랑해지고 직장 사람들과도 친숙해졌다.

사실 처음 워크샵을 함께 간다고 할 때만 해도 재준씨 엄마는 걱정이 많았다. 1박 2일의 길지 않은 일정이었지만 혹시 다른 직원들에게 폐가 되면 어쩌나 싶었다.

그런데 웬걸 워크샵 사진을 보니 재준씨는 저녁 일정이 끝나고 동료들끼리 조촐하게 만든 술자리에도 참석해 있었다. 편한 차림에 맥주를 든 동료 옆에서 콜라잔을 든 재준씨의 모습이 어색하지 않았다. 비슷한 또래의 여직원들과도 어색하지 않았고 오히려 미소를 한가득 머금고 있었다. 그동안 복지관이나 특수학교에서 또래 장애친구들과 캠프를 가기도 했지만 이번 워크샵 속 재준씨의 모습은 확연히 달랐다.

무언가 새로운 일을 하거나 새로운 환경에 놓일 때 우리가 실수를 하거나 위축되는 이유는 단지 그 일이 어렵거나 낯설어서만은 아니다. 나를 환대하는 분위기, 무엇이든 도와주고 이해해주고 품어주려는 분위기에서는 자연스럽게 긴장도 풀리고 자신의 능력을 발휘할 수 있지만 그렇지 않은 환경에 놓이면 가지고 있는 능력마저도 제대로 발휘하지 못한다. 사람이라면 누구나 비슷하다. 환영받고 사랑받는 기분은 그냥 느껴진다. 아마 그 따뜻한 마음이 녹아든 환경 속에서 재준씨의 마음도 한결 편안해졌을 것이다. 재준쌤으로 불리며 함께 일하는 사람들에게 동료로 인정받는 기분, 그 시간은 재준씨의 자존감을 높이는 성장의 시간이자, 일하는 기쁨을 느끼게 하는 색다른 경험이 됐을 것이다. 사진 속 재준씨의 표정이 증명한다.

지난 3월, 주위 발달장애인 자녀들과 엄마들이 모여 제주도 여행을 갔다. 40여 명에 가까운 인원들이 떠난 여행. 푸르른 바다도 보고 보트도 타고 멋진 풍광 속에 즐거운 시간을 보내다 노래방에 함께 갔다. 많은 인원을 수용하는 노래방이라 따로 무대까지 마련되어 있는 공간이었다. 그곳에서 재준씨는 전에는 한 번도 보지 못한 또다른 모습을 보여줬다.

평소 재준씨는 조용하고 소심한 편이다. 엄마가 하는 말을 듣기는 하지만 별다른 반응을 하지는 않는다. 쌍방향으로 주고받는 소통이 많지 않다. 자폐가 가진 성향이기도 하지만 재준씨 성격 자체가 그리 활발한 편은 아니다. 그런데 노래방에서 무대에 오른 재준씨는 노래방이 파할 때까지 무대에서 내려오지 않았다. 재준씨 엄마뿐 아니라 평소 재준씨를 봐왔던 엄마들까지 "재준이가 저렇게 적극적이었어? 저런 모습 처음이네." 놀랄 만큼 무대에서 춤을 추고 (물론 프로페셔널한 춤은 아니었고 조금은 어설픈 동작이다) 노래를 부르고 제 흥에 겨워 신나는 시간을 보냈다. 재준씨의 애창곡 〈한국을 빛낸 100인의 위인들〉도 당연히 완창했다. 재준이를 지켜보던 다른 엄마들도 "사회생활하더니 재준이가 달라졌다."며 활기찬 재준이의 모습에 흐뭇한 미소를 지었다.

재준씨처럼 취업에 성공한 발달장애인들을 위해 강서퍼스트잡센터에서는 요즘도 한 달에 한번 자조모임을 한다. 저녁을 함께 먹고 2차로는 노래방을 간다. 기억력이 좋은 자폐인들은 자신이 좋아하는 번호를 외워서 착착 누르고 옆자리에 있는 친구들에게 부르고 싶은 노래를 물어봐서 예약까지 해준다. 처음에는 발달장애인도 노래방을 좋아할까 했는데 그 시간을 너무도 즐겼다. 비장애인들과 마찬가지로 노래 부르고 춤추고 노는 시간이 성인 발달장애인들에게도 즐거운 여가다.

단지 노래방뿐이랴. 발달장애인들도 우리처럼 카페나 미술관, 영화관, 관광지에 자유롭게 가고 싶고 그 감동을 즐기고 싶다. 재준씨가 노래방을 경험하고 워크샵을 경험한 이후 노래 부르고 사람들과 어울리는 것이 자연스러워졌듯 다양한 문화를 즐기고 체험할 수 있는 기회가 주어진다면 그들 또한 다양한 여가에 친숙해지고 그 경험이 성장으로 이어질 것이다.

자폐 스펙트럼을 가진 발달장애인이 말이나 글자를 통한 소통에 어려움을 겪는다는 것은 많이 알고 있다. 다른 발달장애인 역시 이런 약점을 가진 경우가 꽤 있다. 하지만 발달장애인 개인마다 가진 강점에 대해서는 우리가 미처 모르고 있거나 알고 싶지 않은 것들이 많은 것은 아닐까. 우리만의 기준으로 판단하기에 그들의 약점만 보고 그들의 강점이나 매력을 파악하지 못하고 있는 건 아닐까.

실제로 누가 가르쳐 준 적이 없는데 혼자 스마트폰을 사용해 유튜브 앱을 열고 자신이 좋아하는 음악을 찾아 듣는 자폐인들도 많다. 요즘 40대 50대도 어려워서 포기한다는 키오스크를 누구에게 묻지도 않고 능숙하게 이용하는 다운중후군 친구들도 많다.

재준씨도 그림을 제법 잘 그리고 그림 그리기를 즐긴다. 음악치료를 위해 배운 피아노는 일주일에 40분씩 꾸준히 연습한 결과가 모여 체르니 100까지 진도가 나갔다. 기대하지 않았던 성취다. 노력의 시간이 결실로 돌아온 것이다.

얼마 전에는 재준씨는 가까이 지내는 장애인 친구, 엄마와 함께 경북 김천에 자리한 직지사에 다녀왔다. 늘 이용하던 자동차가 아닌 기차를 타서 그런지 재준씨가 많이 즐거워했다. 모바일 승차권을 보여주고 자리를 찾아가 보라 말하니 자신의 좌석도 곧잘 찾았다. 이런 경험이 늘어나면 홀로 이동하고 여행하는 일도 가능해지지 않을까,

'인생은 속도가 아니고 방향'이라는 말이 있다. 발달장애인들의 배움의 속도는 느리지만 성장이라는 방향을 향해서 얼마든지 나아갈 수 있다. 다만 좋아하는지, 싫어하는지, 잘할 수 있는지, 혹은 이 일은 나와 맞지 않고 나의 역량에 미치지 못하는 일인지는 경험해봐야 안다. 가정 내에서도 사회에서도 더욱 많은 경험의 기회를 주었으면 한다. 재준씨 엄마가 재준씨 직장에 한 달에 한번씩 월차를

내고 나들이를 다니는 이유이기도 하다.

'재준쌤'이 첫 급여 명세서를 가져왔던 날의 그 뭉클함을 잊을 수 없다. 국민연금과 건강보험 공제액이 적혀 있는 칸을 보며 얼마나 마음이 찡했는지 모른다. 당당한 사회의 일원으로 인정받은 것 같아 너무도 행복했다. 지금처럼 일을 하고 그 대가로 월급을 받고 그 돈으로 여행도 다니고 다양한 경험을 쌓다 보면 재준씨의 자존감도 높아지고 자립생활을 할 수 있는 기반도 점점 넓어지지 않을까.

직장인이 된 이후 하루가 다르게 사회생활 스킬이 늘어나는 재준씨는 요즘 대표님 방에 들어가 "대표님 사랑해요!"라는 애정표현도 하고 가끔은 장난까지 친다고 한다. 재준씨 엄마는 매일 "재준이가 사랑받는 곳에서 행복하게 일했으면 좋겠다."고 기도해왔는데 요즘 그 기도가 이뤄진 기분이다. 아마도 이런 변화는 재준씨를 전폭적으로 인정하고 지지해주는 직장문화 덕분이기도 하고 늘 재준씨와 함께 일하며 돌봐주고 계신 근로지원인 덕분이기도 할 것이다.

돌아보면 재준씨를 키우면서 장애 그 자체 때문에 힘들었던 시간보다 발달장애인을 바라보는 사회의 차갑고 따가운 시선, 차별과 냉대에 상처받았던 순간이 더 많았다. 그 시간들을 거치면서 재준씨도 재준씨 엄마도 단단해져 왔지만, 앞으로는 그런 어려움 없이도 발달장애인과 그 가족이 행복해지는 길이 열리길 바란다.

그가 어떤 사람이든, 한 존재를 있는 그대로 인정하고 받아들이는 일은 우리 모두를 더 좋은 사람으로 성장시킨다. 재준이도, 다른 장애인도, 비장애인도 모두가 존재 자체로 인정받고 환대받는 세상, 요즘 재준씨 엄마가 드리는 새로운 기도다.

부탁해줘서 고마워!

송욱정 씨 이야기

"욱정아, 다음에 센터 올 때는 비타민 음료 그거 좀 사와. 이제 욱정이 돈도 버는데 하나 사올 수 있잖아, 지금 욱정이가 마시는 거, 그거 현정이가 사온 거야."

매주 2회 강서퍼스트잡지원센터를 찾아오면 센터장님은 비타민 음료를 하나씩 나눠준다. 매주 2회니까 일주일마다 두 개씩 비타민 음료를 마신다. 그렇게 나눠주기만 하다가 어느 날 센터장님이 욱정씨에게 말한다. "욱정이가 일 잘해서 꾸준히 월급 받고 있으니까 친구들 주게 비타민 음료 좀 사오렴."

그런데 며칠이 지나서 비타민 음료가 아니라 욱정씨 어머니의 전화가 도착했다.

"욱정이가 자기 너무 창피하다고. 현정이 엄마는 비타민 음료 같은 거 사오고 그러는데 엄마만 아무것도 안 사왔다고 그러더라구요. 진짜에요?"

예상치 못한 전개에 퍼스트잡지원센터 이은자 센터장은 웃음부터 터졌다.

자폐 스펙트럼 장애를 가진 송욱정 씨는 뭐든 배우면 그대로 규칙을 지킨다. 기억력도 매우 정확한 편이다. 이런 욱정씨가 이은자 센터장의 이야기를 자기 마음대로 각색해서 전한 것이다.

대화를 나누다 보니 욱정씨가 거짓말을 하게 된 이유가 드러났다. 예정에 없던 일이기 때문이다. 비타민 음료를 사려면 1만 원은 써야 하는데 대개 일주일 용돈 5만 원으로 생활하는 욱정씨로서는 계획에 없던 지출이었던 것이다.

게다가 퍼스트잡지원센터에서 하는 자조모임 회비도 원래는 1만 원이었던 게 2만 원으로 올랐다. 물가상승으로 아이들과 함께 회식을 하려다 보니 불가피한 인상이었는데 욱정씨가 집에 가서 불평을 많이 했다고 한다. 자조모임 회비도 올랐다고.

평범한 사람들이 그랬다면 '돈에 인색하네? 비타민 음료 사기 싫어서 거짓말을 해?' 할 만한 사건이지만 욱정씨를 아는 사람들은 충분히 그럴 수 있겠다는 반응이었다. 욱정씨의 거짓말은 대단한 의도가 있는 것이 아니라 그저 자신의 계획에 없던 지출을 하지 않으려는 거였으니까.

이렇게 예상 외의 지출도 싫어하지만 욱정씨는 예상 외의 이득도 반기지 않는다. 강서 폭스바겐 서비스센터에서 미화일을 돕는 욱정씨는 주중에 이틀 정도는 밥을 사 먹는다. 그날도 점심을 사 먹으러 패스트푸드점에 갔다가 이은자 센터장을 만났다. 센터장은 반가운 마음에 점심을 사주겠다고 제안했지만 욱정씨가 끝내 거부했다. 비타민 음료를 사는 것도 계획에 없는 지출이어서 싫었지만 누가 내 밥을 사주는 것도 예정에 없던 일이라 단호하게 거부한 것이다. 아무리 먹고 싶은 걸 고르라 해도 싫다고 거절하는 통에 결국 이은자 센터장은 욱정씨가 고른 식사메뉴에 사이드로 쿠키 하나만 사줄 수밖에 없었다.

올해 서른두 살 송욱정 씨는 강서퍼스트잡지원센터 1호 취업생이다. 4년 전인 2019년부터 폭스바겐 염창 A/S 센터에서 환경미화일을 하고 있다. 오전에 출근해 4시간,

3층과 1층 화장실을 청소한다. 3층 화장실 변기부터 깨끗이 닦고 그 다음은 바닥. 다시 1층으로 내려와서 쓰레기를 버리고 구석구석 보이지 않는 곳까지 청소한다. 청소 중에도 고객들이 화장실을 사용하기에 중간중간 핸드타월을 채워넣고 바닥 물기를 닦고 청결도를 점검한다. 계단도 깔끔하게 닦는다. 1층과 3층을 수시로 오르내리지만 단 한 번도 게으름을 피운 적이 없다.

대개 하던 일이 반복되면 관성이 생겨 눈에 보이지 않는 곳은 조금 설렁설렁 청소를 하는 경우도 있지만 욱정씨는 절대 그러지 않는다. 배운 대로, 익힌 대로 매일 같은 루틴을 반복해도 지루해하지 않는다. 오히려 그 루틴을 정확하게 지킨다. 단순하고 반복적인 일에 엄청난 강점을 갖고 있는 셈이다. 덕분에 함께 일하는 사람들로부터도 좋은 평가를 받고 있다.

자신만의 루틴은 일상생활에서도 이어진다. 오후 5시 욱정씨가 운동을 하러 나가는 시간이다. 1시간 운동을 마치고 6시 30분 정도면 집에 돌아온다. 퍼스트잡지원센터가 쉬는 주말이면 한강공원에 나가 운동을 하고 비가 오면 주차장에 나가서 걷기라도 하고 온다. 182센티미터의 키에 78킬로그램 건장한 체격은 욱정씨의 운동 루틴 덕분에 지켜진다.

대개의 사람들은 발달장애인이라고 하면 이상행동을 하거나 의사소통이 전혀 되지 않는 이들을 상상하는 경우가 있다. 발달장애도 굉장히 다양하고 같은 자폐라 해도 개인별로 상태나 증상이 천차만별이지만 발달장애라는 그 단어 하나가 그 사람의 모든 정체성인 것처럼 생각하기도 한다. 그래서 욱정씨가 혼자 롯데월드에 놀러갔다 온 이야기를 들으면 모두 놀라곤 한다.

몇 년 전 욱정씨가 보호작업장에 다니던 때였다. 욱정씨 부모님이 7박 8일 스페인 여행을 계획했다. 당시 욱정씨 동생은 학업 때문에 대학 근처에서 자취를 하고 있던 터라 조부모님 집으로 욱정씨를 보내야 할까 하다가 욱정씨에게 의견을 물었다. 혼자 잘 지낼 수 있다고 했다. 그래 이런 일도 한번 경험해봐야지, 욱정씨 엄마는 아들이 1주일간 먹을 반찬을 준비해 냉장고에 넣어두고 혹시 필요하면 음식을 사먹을 수 있게 용돈 10만 원도 봉투에 따로 넣어 준비해뒀다.

그런데 여행의 마지막 날, 한국 시간으로는 10월 9일 한글날 욱정씨에게 전화가 왔다. 롯데월드에 놀러와서 저녁도 잘 사먹었는데 동생이 자신에게 화를 냈다는 것이다. 롯데월드에 갔다고? 놀라서 자초지종을 물으니 일주일 동안 엄마 없이도 밥 잘 차려 먹고 보호작업장도 잘 나가고 한글날이 돼서 집에서 쉬려니 엄마가 준 용돈이 남은 게 생각나서 롯데월드에 가기로 했단다. 염창동에서 롯데월드까지 지하철을 타고 갔다. 자유이용권을 끊고 싶었지만 돈이 모자라서 5개 놀이기구만 이용할 수 있는 빅5를 끊기로 했다. 매표소 앞에 가서 표를 달라고 하는데 욱정씨의 조금은 다른 억양이 매표소 직원의 귀에 들렸나 보다. 그 직원은 욱정씨에게 복지카드가 있는지 묻고 장애인 할인을 해주었다. 덕분에 예상치 않게 돈이 남았고 그 돈으로 욱정씨는 저녁까지 사먹기로 했다. 그래서 휴일이라 집에 왔을 동생에게 "롯데월드 와서 저녁도 먹고 가니까 너 혼자 밥 먹어."라고 문자를 보냈더니 동생이 깜짝 놀라 "당장 집으로 와." 하고 전화를 했다는 것이다.

그 이야기를 들은 욱정씨 부모님 역시 미리 얘기도 안하고 혼자 가면 어떡하냐고 꾸중을 했지만 한편으로는 욱정이가 혼자 살 수도 있겠구나, 안도하는 마음이 들었다.

욱정씨를 세심하게 살펴보고 복지카드가 있냐고 물어 장애인 할인을 해준 매표소 직원에게도 너무나 고마웠다.

세상에 아이를 내보낼 때 걱정스럽지 않은 부모가 어디 있으랴. 밤길 조심하고 차 조심하고~ 나이가 들어도 자식은 언제나 걱정이지만 발달장애인 부모들이 하는 걱정은 그 이상이다. 하지만 우리 생각보다 세상에는 좋은 사람들이 더 많고 부모의 예상보다 발달장애인들이 할 수 있는 일이 더 많을지도 모른다. '이런 건 안 될 거야'라는 편견이 오히려 자녀의 성장을 가로막거나 기회를 미리 빼앗는 결과를 낳는 건 아닌지 요즘도 욱정씨 부모님은 가끔 생각한다.

욱정씨를 키우면서 돌봄의 부담도 있었지만, 성인이 된 욱정씨는 이제 집안 살림도 돌보고 엄마도 돌봐준다. 저녁을 먹고 설거지를 하고 있으면 "엄마 힘드시죠?" 하며 어깨를 주물러주기도 하고 기름기 많은 음식을 먹고 나면 엄마가 싫어한다고 자기가 먼저 나서 설거지를 해놓기도 한다. 스파게티는 또 얼마나 잘 끓이는지 10~11분 면을 삶아서 소스를 부어 스파게티를 만들어 먹기도 한다.

가끔 동생 현정씨가 욱정씨에게 "오빠 스파게티 좀 만들어줘."라고 하면 욱정씨는 신이 난다. "부탁해줘서 고마워." 크게 답하고는 즐겁게 스파게티를 만들어 동생에게 가져다준다. 귀찮을 법한데 자신이 동생에게 무언가를 해줄 수 있다는 게 너무도 기쁜 듯하다.

서로 폐 끼치지 않으며 각자 알아서 잘 사는 삶도 좋지만 인간은 누구나 다른 이의 도움을 받고 성장하고 또 도움을 주며 살아간다. 상황에 따라 발달장애인도 부탁을 하기만 하는 사람이 아니라 사회에 도움이 될 수 있는 존재들이다.

강서퍼스트잡 취업1호로 후배들에게도 좋은 선례가 되고 있는 욱정씨는 이제 일만 잘하는 게 아니라 생색도 낼 줄 안다. 센터장님이 말한 비타민 음료를 사와서는 큰 소리로 "이거 냉장고에 넣어 놓을까요?" 묻는다. 물론 수입과 지출에 엄격하기에 비타민 음료도 한 상자하고 3병을 더 사왔다. 만원 어치를 사야 하는데 한 박스를 사면 만원에서 돈이 남았던 것이다. 결국 그날 욱정씨는 비타민 음료 한 상자와 3병을 사고 400원을 더 냈다. 예정에 없던 400원의 지출, 어쩌면 욱정씨는 그날 속이 좀 쓰렸을지도 모르겠다.

고맙고 애틋한 우리 딸

"현정아, 너 도서관 가서 일해볼래? 근데 지하철 두 번씩 갈아타고 가야 돼. 괜찮겠어?"

공덕에 있는 도서관에서 발달장애인 사서 보조를 구한다는 공지가 올라왔다. 평소에 책을 좋아하는 현정씨에게 잘 맞는 일일 것 같았다. 하지만 걱정이 앞섰다. 집에서도 한 시간 가까이 이동을 해야 하는데다 지하철도 두 번을 갈아타야 했다. 사서 보조 일을 잘 할 수 있을지도 걱정이었지만 출퇴근도 부담이었다. 그래서 물었다. 할 수 있겠냐고. 사실 엄마 마음은 현정씨가 조금이라도 불편한 기색을 보이면 그걸 핑계로 하지 말아야지였다. 그런데 예상과 달리 현정씨가 해보겠다고 했다.

"현정이 할 수 있겠어? 그럼 해보자."

마지 못한 승낙이었는데 결코 가깝지 않은 거리를 현정씨는 잘 오고 갔다. 현정씨는 책을 좋아한다. 그냥 보는 것도, 펼쳐 읽는 것도. 당연히 책의 질감이며 냄새를 느낄 수 있는 공간도 좋아한다. 공덕 도서관은 처음이었지만 책이 있는 공간이니 자기에게 주어진 일을 잘 해냈을 것이다. 어렵겠지만 일단 해보자는 결정이 현정씨에게 성공의 경험을 안겨준 셈이다.

도서관의 사서보조 이후 현정씨는 요즘 학교 청소를 한다. 매달 꼬박꼬박 월급이 들어오고 월급날은 치킨도 '쏜다.' 갖고 싶은 게 있으면 "월급 받으면 나 그거 사달라."고 엄마에게 당당히 요구하기도 한다. 처음 현정씨가 자폐인 것을 알고 앞으로 어떻게 살아야 할까 걱정하던 시절을 생각해보면 요즘의 하루하루는 놀라움의 연속이다.

서른두 살 현정씨가 어엿한 사회인이 되기까지 어려움을 말로 다할 수 있을까. 그렇지만 TV나 라디오 같은 방송에서 장애인 가족들의 이야기를 다룰 때 눈물, 극복 같은 키워드만이 주요 소재가 되지 않았으면 한다. (물론, 중증 발달장애인의 일상은 또 다르다. 24시간 돌봄이 필요한 그 가족들의 일상은 그야말로 하루하루가 전쟁 같은 날들이다. 우리 아이도 발달장애니까 그 고통을 짐작할 수 있다고 섣불리 말할 수조차 없다.) 현정씨 언니인 비장애인 소윤이를 키울 때도 내 속으로 낳았지만 속을 모르겠고, 내 마음대로 안 되는 게 자식이라는 어른들 말씀에 공감하는 순간은 수시로 있었으니까.

그보다 발달장애 아이를 키우면서 엄마에게 더 많이 필요했던 건 걱정과 불안에 맞서는 용기였다. 초등학교 때 현정씨는 특수학교가 아닌 일반 학교를 다녔다. 하지만 결국 특수학교로 옮겨야 했다. 커리큘럼대로 수업하는 아이들 사이에 섞여 현정씨가 가만히 앉아있는 것을 지켜보는 일이 힘들었다. 현정씨를 다른 친구들처럼 대하지 않고 늘 도와주어야 하는 존재, 그래서 약간 부담스럽게 생각하는 시선도 버거웠다. 아마 동등한 친구가 아니라 도움이 필요한 사람으로 인식하는 시선을 느끼며 현정씨도 힘들었을 것이다.

만약 통합교육을 끝까지 이어갔다면 적어도 현정씨를 경험한 같은 반 친구들은 장애에 대한 이해도가 조금은 높아졌을 텐데 하는 아쉬운 마음도 든다. 이 또한 가보지 않은 길에 대한 아쉬움일 뿐 무엇이 옳고 그르다 판단할 수는 없다. 각자의 상황에서 최선을 찾으려 노력하는 것이니까.

발달장애인 가족이 원하는 건 발달장애인도 사회에 진출해 비장애인과 어울려 사는 것이다. 하지만 때로는 엄마들이 오히려 발달장애인 자녀의 노출을 두려워한다. 밖으로 데리고 나갔다가 아이를 바라보는 무례한 시선이나 차별적인 언행들을 만나는 것이 두렵기도 하다. 어린 시절엔 또 외출 한번 하려면 챙겨야 할 것들은 또 얼마나 많은지 그냥 안 나가고 말지 하며 동반외출을 포기하기도 했다. 그러다 보니 발달장애인의 수에 비해 실생활에서 발달장애인을 만나본 경험이 없는 사람들이 대다수다.

아이들이 걸음마를 배울 때 몇 번쯤 넘어질까. 수도 없어 넘어지고 다시 일어서고를 반복한다. 하지만 그 누구도 아이가 넘어진 것을 두고 실패했다고 하지 않는다. 두 발로 서고 걷고 뛰려면 반드시 거쳐야 하는 과정이니까.

발달장애인이 사회생활을 하는 데 겪는 실수 또한 당연한 과정이다. 출퇴근하면서 길을 잘못 드는 것도 예사고, 주어진 일을 때로 잘못할 수도 있고, 의사소통의 어려움을 겪는 일도 많다. 하지만 이런 과정이 있어야 발달장애인의 사회 적응도, 발달장애인에 대한 인식개선도 가능해지는 것이 아닐까. 이런 의미에서 엄마들이 자녀를 사회에 내보내고 어려움을 겪어도 지켜볼 용기를 가지는 일은 중요하다. 현정씨 엄마 역시 그런 용기를 내는 게 어려웠지만 지금은 일단 부딪혀 보길 잘했다고 생각한다. 장애인이든 비장애인이든 모두 경험한 만큼 성장한다.

며칠 전 주말이었다. "현정아, 너 청소 잘 한다며? 학교 가서 하는 것처럼 해봐."라고 했다가 거절당했다. "나 출근 아니에요."

딸한테 청소 좀 시키고 쉬어볼까 하는 계획은 무산됐지만 현정씨 엄마는 마음이 뿌듯하다. 이제 현정씨도 아는 것이다. 노동을 하면 대가를 받아야 한다는 걸, 자기도 이제 월급을 받는 노동자라는 걸.

사회진출이라는 쉽지 않은 장벽을 넘어섰지만 현정씨와 엄마에게 얼마 전 또다른 질문이 찾아왔다. 현정씨 언니가 결혼을 하게 되자 현정씨가 문득 생각난 듯 물었다.

"엄마, 나는. 나는 남편?"

그렇지 않아도 현정씨를 아시는 교감 선생님(교육지원청

특수교육운영위원회 활동을 함께하셨던 선생님)과의 통화에서도 나왔던 이야기였다. 현정씨가 서른이 넘었으니 결혼시켜야 하지 않겠냐고. 미처 생각해보지 못했던 문제였다. 큰딸이 서른이 넘어가니 결혼을 언제 하려나, 얼른 짝을 찾으면 좋겠다고 바랐으면서도 현정씨의 인생에서 결혼은 없는 것처럼 생각하고 있었다.

"현정아, 결혼하면 빨래하고 은행도 가고 이런 거 다 해야 되는데 현정이가 할 수 있겠어?" 일단 현정씨의 의사를 물으니 "아니."라는 답이 돌아왔지만 발달장애 딸의 인생에서 결혼을 배제한 부모의 판단이 현정씨가 배우자를 만나 누릴 수 있는 행복을 미리 차단하는 것이 아닌가 생각이 깊어진다.

그러나 미리 고민하지 않으려 한다. 오지 않은 미래를 당겨 걱정할 필요는 없으니까. 그저 지금은 직장인이 되어 매일 출근하며 주말이면 피로를 호소하는 현정씨와의 일상이 너무도 감사하고 행복하니까.

'품 안의 자식'이라고 자식이 크면 부모와 심리적으로 멀어지고 서먹해진다고도 하지만 현정씨는 여전히 엄마 아빠에게 아기 같은 너무도 애틋한 존재다. 외할머니가 편찮으셔서 병원을 모시고 가면서 "엄마 아빠가 나이 들어서 아프면 현정이도 엄마 하는 것처럼 병원도 데리고 가주고 해야 돼."라고 말하니 현정씨가 답한다. "엄마 아빠 아프지 마세요." 그 말 하나가 뭔지 이렇게 고운 딸이 내 곁에 있어줘서, 우리 가정에 와줘서 고맙다는 생각마저 든다. 모든 자식들이 부모에게 보람이자 기쁨이듯 현정씨도 엄마 아빠의 기쁨이자 행복의 원천이다. 현정씨뿐 아니라 모든 발달장애인 자녀들이 그럴 것이다.

오늘은 현정씨 월급이 들어오는 날이다. 얼마 전 현정씨가 월급 들어오면 사달라던 캐릭터를 사주어야 하는 날이기도 하다. 아마도 오늘 저녁 메뉴는 현정씨가 '쏘는' 치킨이 될 것이다.

완전히 이해할 순 없지만
오롯이 사랑할 수 있다

안지현 씨와 엄마 이은자 씨 이야기

대개의 사람들이 시각이나 청각장애, 지체장애를 가진 이들보다 발달장애를 가진 이들을 어려워한다. 신체장애인이 어려움을 겪는 부분은 알아채기 어렵지 않고 또 의사소통이 가능하니 이야기를 듣고 해결해줄 수 있으니까. 하지만 발달장애인과는 의사소통부터 쉽지 않은 경우가 많다.

특히 자신의 뜻이 제대로 전달되지 않을 때 발작적으로 소리를 지른다거나 자리에 주저앉는 것 같은 도전 행동을 하는 발달장애인을 보면 두려움이 커진다. 혹시라도 내가 장애인에게 무례한 행동을 하거나 차별을 해서 저런 상황이 벌어진 건 아닌가 오해를 살까 봐 지레 걱정을 하는 것이다.

올해 스물여섯 살이 된 지현씨가 초등학교에 다닐 때도 비슷한 상황이 있었다. 통합교육을 선택해 일반 초등학교에 다니던 지현씨는 아이들과 수업을 잘 받다가도 뭔가 뜻대로 되지 않으면 울기 시작했다. 당연히 수업 진행에 지장이 있었다. 하지만 선생님은 개의치 않으셨다.

알림장 쓸 시간이면 지현이가 울어도 알림장을 썼고, 음악 시간이면 지현이가 울어도 "우리 노래 부르자." 음악수업을 진행했다. 이 이야기를 들으면, "장애인 학생을 배려해야지, 그렇게 수업하면 안 되는 거 아냐."라고 말씀하실 분들도 계실 것이다. 하지만 오히려 그 '배려 없는 배려'가 지현이에게 도움이 됐다. 아무리 울어도 자신에게 관심을 갖지 않으니 조금 울다가 그쳤고, 그렇게 따로 지현이를 배려하지 않으니 아이들도 지현이를 대하는 데 부담을 갖지 않았다.

가끔 교실에 발달장애인 친구가 있으면 그 친구를 도와야 한다는 부담감을 느끼는 아이들이 많다. 발달장애인 친구를 돕는 것 또한 좋은 교육이 되지만 부담이 앞서다 보면 오히려 발달장애 친구들과 거리감을 두기 쉽다. 선생님들도 비슷한 상황이라 발달장애인이 자기 반에 학생으로 들어오는 걸 반기지 않는 경우가 많다. 수업 시간 내내 발달장애인 학생을 살피고 배려하다 보면 나머지 아이들 수업에 지장이 있을 수도 있으니까.

자폐 스펙트럼으로 다소 중증에 속하지만 그래도 통합교육과 특수교육을 받으면서 지현씨는 어엿한 사회인이 됐다. 26세 지현씨는 요즘 하루 네 시간 동안 편백방향제를 만든다. 방향제 주머니에 편백나무 큐브조각 50개를 넣고 묶어야 하는데 숫자를 세는 건 쉬운 일이 아니다. 그래서 과정이 하나 추가된다. 50개의 칸이 있는 바둑판 모양의 상자에 편백큐브를 하나하나 넣고 그 상자를 다 채우면 주머니에 옮겨 담는다. 보통의 공정에 단 한 차례의 단계만 추가하면 중증 발달장애인들도 충분히 할 수 있는 노동이 되는 것이다.

아침마다 엄마와 함께 출근길에 나서는 지현씨는 목요일쯤 되면 피곤하다고, 직장에 가기 힘든 내색을 한다. 보통 직장인들과 다름없는 목요일의 피로다. 이런 피로마저도 지현씨의 가족들은 너무나 뿌듯하다. 다른 20대 청년들처럼 일을 할 수 있다는 것 자체가 기쁨이다.

지현씨를 키우면서 엄마 이은자 씨의 삶도 달라졌다. 이은자 씨는 딸 지현씨도 다른 성인들처럼 일을 했으면 좋겠다는 생각에 장애인 노동을 공부했다. 장애인 일자리 마련을 위한 공부를 이어가다 보니 현재의 제도 안에서는 발달장애인이 직업을 찾기가 어렵겠다는 생각이 들었다. 그래서 직접 발달장애인의 직업생활을 돕는 강서퍼스트잡지원센터를 만들었다. 지현씨와 같은 발달장애인을 기업과 연결하고, 정식 취업 전에 미리 실전 경험을 하고 훈련하는 일을 지원한다.

발달장애인이 일터를 미리 경험하고 훈련하는 일은 기업의 장애인 고용에 대한 부담을 덜어준다. 정식 채용 전에 발달장애인과 함께 근무하면서 장애인의 업무능력을 보고 동료들과의 의사소통이 잘 되는지 살펴볼 수 있다. 사회생활을 시작해야 하는 장애인 역시 출퇴근에 무리는 없는지 업무가 자신의 적성과 능력에 잘 맞는지 확인할 수 있다.

덕분에 강서퍼스트잡지원센터는 지난 4년간 80여 명의 발달장애인에게 일자리를 찾아줬다. 주중 5일 4시간씩 학교나 기업으로 출근해 일을 하는 장애인이 많아졌다. 특히 지자체나 정부 지원에서 후순위로 밀리기 쉬운 중증발달장애인의 일자리 연결에 더 많은 신경을 쓰고 있다. 중증이라 해도 일의 과정을 조금 단순화하거나 일정한 루틴을 만들어주면 얼마든지 꾸준하게 일할 수 있기 때문이다. 자폐인의 경우 청소처럼 단순한 루틴의 일은 비장애인들보다 더 꼼꼼하게 매뉴얼대로 하기 때문에 오히려 강박적이고 집착적인 성향이 강점이 되기도 한다.

발달장애인을 낯설게 느끼다가 2주에서 3주, 그들과 익숙해지는 시기가 지나고 나면 시선이 달라지는 것을 많이 느낀다. 장애인 고용이 장애인 인식 개선, 특히 성인 발달장애인 인식 개선에 얼마나 큰 영향을 미치는지, 이은자 센터장은 햇수를 거듭할수록 크게 느끼고 있다.

다만 한 가지 아쉬운 점이 있다면 발달장애인에 대한 국가지원이 조금 더 세분화되었으면 하는 것이다. 발달장애인이 기업이나 학교에서 무난하게 일을 수행하는 데는 근로지원인의 역할이 크다. 장애인 인력서비스의 하나인 근로지원인은 장애인이 근무할 때 의사소통이 필요한 경우 소통을 돕고, 일을 하는 데 부족함이 있으면 그 일을 함께 돕기도 한다. 기업의 입장에서는 근로지원인이 있기에 발달장애인 고용에 대한 부담감이 줄어든다. 이은자 센터장

역시 근로지원인에게 큰 고마움을 느낀다. 그런데 이 근로지원인 급여가 장애 유형에 상관없이 일률적으로 같다. 신체장애인과 함께하는 근로지원인은 신체적 장애에 따른 노동의 어려움을 덜어주는 것으로 비교적 단순한 편이지만 발달장애인의 경우 저마다 다른 성향과 특성이 있기 때문에 근로지원인이 해야 할 일들이 더 많다. 같은 급여를 받는다면 당연히 신체장애인 근로지원을 하고 싶을 수밖에 없다. 단순히 급여에만 집중한다면 발달장애인 지원을 맡는 일은 손해가 되는 일, 기피하고 싶은 분야가 되기 때문이다. 발달장애인 가족이 개인형 맞춤 지원을 바라는 것도 같은 맥락이다. 저마다 다른 발달장애인들을 하나의 분류로 묶어 지원하다 보면 비용 대비 효과가 떨어지는 결과를 낳을 수밖에 없는 것이다.

지현씨를 키우면서 엄마 이은자 씨는 건강한 공동체에도 관심을 갖게 됐다. 장애인 학교 설립을 위해 길거리에 나가 시위를 하고 무릎을 꿇고 낯모르는 이들에게 지지를 호소하면서 이은자 씨는 거리에 나와 목청을 높이고 시위를 할 수밖에 없는 이들의 입장을 이해하게 됐다. 세월호 참사든 가습기 살균제 때문에 가족을 잃은 안타까운 사건이든 사회적 약자들의 호소나 외침에는 우리가 미처 알지 못하고 생각하지 못했던 절박한 이유가 있다.

물론 발달장애인의 가족이다 보니 여전히 장애 인식 개선과 제도변화의 필요성을 가장 크게 느끼지만 누구도 소외되지 않는 사회, 차별받지 않는 따뜻한 세상을 만드는 일이 중요하지 않을까 생각한다. 지구가 건강해야 그 안에 사는 우리 모두가 건강한 삶의 기반을 유지할 수 있다. 사회 전체가 건강하고 안녕해야 비장애인도 발달장애인도 평온한 일상을 꾸려갈 수 있다. 곳간에서 인심 난다는 말처럼 건강하고 행복한 공동체에서 약자와 소수자에 대한 너그러움과 포용력도 커질 것이다.

발달장애인 취업 지원에 앞장서 일자리 지원에 모범적인 모델을 만든 이은자 씨지만 지현씨가 엄마를 좀 한심하게 보는 순간도 있다. 자폐 스펙트럼을 가진 친구들은 시각정보에 민감할 뿐 아니라 규칙과 정돈에도 뛰어난 능력을 지니고 있다. 정리정돈의 달인이다. 지현씨가 일터에 출근해서 가장 먼저 하는 일도 공간 정리다. 지현씨보다 먼저 출근하는 장애인들이 일을 하다가 미처 정리하지 못한 물건들을 원래 있던 그 자리에 단 하나의 오차도 없이 정확하게 배치한다. 책장의 책들도 다 저마다의 자리가 있어서 절대 흐트러지면 안 된다. 누가 시키지 않아도 지현씨가 꼭 하는 일이다.

이런 지현씨니 집에 돌아오면 엄마 은자씨의 살림이 마음에 들지 않는다. 어제는 분명 책장에 있던 책이 테이블 위에 놓여있으면 치운다. 설거지를 하는 동안에도 감시가 이어진다. 접시는 접시 자리에, 대접은 대접 자리에 정확이 열 맞춰 세워놓아야 한다. 지현씨의 관리감독이 이어질 걸 알기에 엄마 은자씨도 신경을 써서 설거지를 하지만 설거지를 마치고 나면 지현씨가 꼭 뒷정리를 다시 한다. 시어머니보다 더한 살림감독관이다.

지금은 발달장애에 관해 준전문가가 됐지만 지현씨가 어릴 때만 해도 은자씨 역시 장애를 받아들이는 일이 쉽지 않았다. 자폐라는 사실은 알고 있지만 지현씨가 난데없이 소리를 지르거나 사람들이 많은 공간에서 맥락 없는 질문을 할 때면 당황스러운 순간도 많았다. 상동행동으로 지현씨에게 사람들의 시선이 모이는 순간, 창피를 당하는 것 같아 화가 나기도 했다. 지금도 여전히 지현씨의 행동을 100% 이해할 수는 없다.

영화 〈흐르는 강물처럼〉에는 이런 대사가 있다. "완전히 이해할 수는 없지만, 오롯이 사랑할 수는 있다.(We can love completely, without complete understanding.)" 말과 글이 통하는 비장애인들도 서로를 완전히 이해해서 사랑하는 것은 아니다. 같은 말을 다르게 이해하기도 하고 서로 다른 해석으로 갈등을 낳기도 한다. 나이 차이가 조금만 나도 세대차이가 나서 이해하기 어렵다 하고, 성별이 달라서 서로 이해하기 어렵다는 경우도 있다. 우리와 감각과 인식의 과정이 조금씩 다른 발달장애인과의 간극은 어쩌면 당연한 것 아닐까.

그러고 보면 지난 26년 지현씨도 많이 배우고 성장했지만 지현씨를 키우면서 엄마 이은자 씨의 마음도 넓어지고 커진 것 같다. 육아는 아이를 키우고 자라게 하는 일만이 아니다. 아이와 함께 씨름하고 고민하며 부모의 부족한 인내와 너그럽지 못함과 미성숙을 발견하고 엄마도 아빠도 함께 자라는 일이다.

때로 이해하기 어렵고 그래서 답답하지만 그래도 우리는 서로 사랑하며 함께 살아갈 수 있다. 다른 표현방식과 다른 행동을 틀림으로 인식하지 않는다면. '아 저럴 수도 있구나' 너른 포용의 마음을 가진다면. 그 다양성에 대한 인정은 장애인의 사회활동뿐 아니라 세상 모든 약자와 소수자의 평범한 일상을 만들어주는 가장 좋은 응원이 될 것이다. 완전히 이해할 수는 없지만 오롯이 사랑할 수는 있으니까.

우리는 모두가 서로의 보호자,
돌봄공동체를 향하여

어느 누구도 배제되거나 소외되지 않고

완벽하게 보살핌을 받는 사회란 사실 우리의

머릿속에만 존재하는 이상향일지도 모른다.

그러나 불가능에 가까운 일이라고

미리 포기해선 안 된다. "한 사람이 바라면

꿈이지만 모두가 바라면 현실이 된다."는 말처럼

이상적인 사회를 그리면서 빈틈을 메우다 보면

우리가 바라는 따뜻한 공동체에

조금 더 가까워질 수 있지 않을까.

모르길 바라는 마음

자립준비청년 지원 강화

"엄마는 모르게 해주세요. 엄마가 알면 안 돼요."

아이가 학장님께 신신당부했단다. 엄마는 모르게 해달라고. 대개 이 말로 시작되는 이야기의 주된 흐름은 그래서 딸이 크게 혼이 났다는 것이다. 뜻대로 되지 않아 부러 용변 실수를 한다거나 소리를 지르고 화를 내거나 기물을 집어던지는 도전 행동을 했을 때, 그래서 선생님들로부터 훈계를 듣게 되었다는 이야기. 그런데 이날의 대화는 다른 곳으로 흘러갔다.

"애가 좋아하는 오빠가 있어서 결혼을 하고 싶대요. 그래서 안 된다고, 오빠 좋다고 너무 네 마음대로 행동하면 안 된다고 했지. 그래 놓고 궁금해서 결혼은 왜 하고 싶어?

물으니 얘가 그러더라구. 아기 낳고 싶다고."

가슴 안쪽이 찌르르 저렸다. 딸아이가 앓고 있는 프레더 윌리 증후군의 중상 중 하나는 불임이다. 태어나서 프레더 윌리 진단 이후 치료계획을 알려주던 간호사는 여러 번 반복해서 특별한 감정이 담기지 않은 목소리로 프레더 윌리의 증상들을 나열했다. "어머니 얘네는 생리 안 해요. 남자애들은 고환에 문제가 있고요."

내 딸의 꿈은 이뤄질 수 없는 것이었다. 원하고 바라도 이뤄질 수 없는 꿈. 그 꿈을 들으며 마음이 짠해진 학장님은 아이를 달랬다.

"프레더 윌리 증후군은 아기를 낳을 수 없어. 그리고 요즘은 아기 안 낳고 사는 사람들도 많아. 아기 낳으면 네가 돈 벌어서 옷도 사 입히고 먹을 것도 사주고 해야 되니까 일도 아주 많이 해야 돼. 힘들 텐데 그래도 괜찮겠어?"

학장님이 물어도 꼭 아기를 낳고 싶다고, 엄마가 되고 싶다고 말했단다. 그리고 덧붙인 한마디.

"근데 엄마는 모르게 해주세요. 엄마가 알면 미안해할 거예요."

눈시울이 뜨거워진다 싶더니 눈물이 툭 떨어졌다.

　꽃길만 걷게 하고 싶은 것이 사랑이듯 모르게 하고 싶은
마음도 사랑이다. 딸아이가 태어난 이후 모든 스케줄을 아
이에게 맞추었다. 지금 생각해보면 우리끼리 단둘이서 아
는 사람 하나 없는 미국까지 참 무모하게 훌쩍 떠났다. 장
애에 대해 호의적이지 않은 현실을 조금이라도 덜 경험하
게 하고 싶어서였다. 장애인이라서 어쩔 수 없이 겪게 될
편견 어린 시선과 차별을 모를 수 있길 바랐다. 현실적으
로 불가능한 일이라는 걸 뻔히 알면서도 그랬다.

　세상 모든 부모들은 자녀가 세상살이의 험난함을 알지
못하길, 때로 자존심 따위는 던져버리고 영혼까지 갈아 넣
어가며 버텨내야 하는 세상의 힘겨움을 모르길 바란다. 돈
의 논리가 생명과 안전보다 우선시되는 세상을 모르길 바
라고, 열심히 사는데도 늘 제자리인 것 같은 월급쟁이의
고단함을 모르길 바란다. '온실 속의 화초'는 대개 좋지 않
은 뉘앙스로 쓰이지만, 그럴 수만 있다면 '들판의 장미'보
다 '온실 속의 화초'로 고생 모르고 자라게 하고 싶은 것이
부모의 마음 아닐까.

　그래도 살다 보면 어쩔 수 없이 알게 되고 겪게 되는 것
이 세상살이의 힘겨움인데 이 고단함을 너무도 일찍 알아

버리는 청소년이 우리 사회에는 적지 않다. 아동복지시설이나 위탁가정에서 보호 중인 아동은 만 18세가 되면 실제 자립준비 여부와 관계없이 보호가 종료된다. 만 18세가 되면 단 하루 만에 보호아동에서 홀로 서야 하는 성인이 되는 것이다. 성인이 되었다고 장미 꽃다발을 선물받기는커녕 그들을 기다리는 건 내 한 몸 뉠 곳을 마련하기도 어려운 현실이다. 물론, 지자체 상황에 따라 500만~1,500만 원의 자립정착금 등이 지급된다. 또한, 보호가 종료된 후 5년간 월 40만 원의 자립수당을 지급하기도 한다. 국가의 지원을 받으며 온전한 자립을 준비하라는 취지다. 하지만 날로 오르는 물가와 집세를 생각하면 턱없이 부족한 금액이다.

전월세 보증금을 지원해주는 제도가 있지만 받고 싶은 사람은 많고 지원금은 한정적이다. 그 높은 경쟁률을 뚫기 위해서 구구절절 '가난을 증명'하는 자기소개서까지 써야 한다. 대개 자신의 장점과 실력을 적는 소개서에 "남들보다 힘들게 살았다.", "이번이 마지막이 될 수 있도록 하겠다."라는 문구를 써넣는 아이들의 심정이 어떨지 헤아릴 수 있다고 감히 말하기 어렵다. 이런 자립준비청년이 매년

2,000~2,500여 명에 달한다. (2021년 아동자립지원 통계 현황보고서를 살펴보면 전체 자립준비청년은 2017년 2,593명, 2018년 2,606명, 2019년 2,587명, 2020년 2,368명, 2021년 2,102명으로 2019년 이후 다소 감소하는 추세다.)

그나마 보호시설에서 18세를 맞는 청소년들은 그나마 나은 편이다. 시설에서 또래 친구들에게 폭행을 당하거나 적응하지 못해 몰래 뛰쳐나온 청소년들은 어디에서 어떻게 살아가고 있는지 제대로 파악조차 되지 않는다. 지난 2019년 보건복지부 아동자립통계현황보고서에 따르면 자립 수준 평가대상자 총 1만 2,796명 중 무려 26.3%가 연락두절된 상태였다.

〈자립준비청년과 쉼터퇴소청소년 자립지원강화를 위한 간담회〉를 열어 그들의 목소리를 들었고, 이 친구들이 기댈 언덕이 되겠다는 결심을 했다. 가난을 증명하기 위한 자기소개서 제출 방식부터 바꾸자고 국정감사에서 따져 물었다. '보호종료아동'이라는 말 대신 '자립준비청년'으로 명칭도 바꾸었다. 개념이 명칭을 만들기도 하지만 명칭이 개념을 바꾸기도 하기 때문이다.

18세가 되면 시설에서 퇴소해야 하는 규정도 훨씬 완화

시켰다. 지금의 18세는 과거의 18세와 다르다. 대학교에 들어간 자녀를 학교 근처로 독립시키면서, 혹은 학교 기숙사에 보내면서 아직 아무것도 모르는 아이가 홀로 잘살 수 있을까 걱정하는 부모님들이 많다. 그런데 보호자가 없다는 이유로 만 18세가 되면 홀로 이사할 집을 구하고 월세를 내고 생활비를 벌고 생계를 해결해야 한다. 고단한 세상살이의 짐을 제대로 준비도 하지 못한 채 짊어져야 한다. 아이들은 당장 한두 푼이 급하다 보니 괜찮은 일자리를 찾지 못하고 단기 아르바이트에 내몰리고, 그러다 일을 하고도 제대로 보수를 받지 못하는 경우도 허다하다.

자립준비청년에게 자립의 기간이 고립의 시간이 되지 않도록 실질적인 지원을 확대하는 법안을 차근차근 준비했다. 그 결과, 자립준비청년의 의사에 따라 최대 24세까지 보호기간을 연장하고 보호대상아동 및 자립준비청년에 대한 실태조사를 내실화시킬 수 있었다. 자립정착금과 자립수당을 지급하고, 자립지원전담기관을 설치하고 운영하도록 하는 내용을 담아 그간 미비했던 법적 근거도 명확히 마련했다.

또한, 자립준비청년의 학자금대출 부담을 낮춰주기 위

해 '취업 후 학자금 상환 특별법 개정안'도 대표발의했다. 취업 후 상환 학자금대출은 대학생의 학비 부담을 덜기 위해 재학 기간에는 대출 상환을 유예하고 취업 등으로 일정 기준의 소득이 발생한 때부터 이를 갚도록 하는 대표적인 학자금 대출 제도다. 그런데 정작 아르바이트 등을 해서 일정 소득이 발생하면 수급자 자격을 상실하게 된다. 조금 더 열심히 살며 경제활동을 한 것이 오히려 학자금대출 이자 면제 대상에서 제외되는 결과를 만드는 것이다. 국가가 요구하는 '가난의 조건'을 갖추기란 정말이지 쉽지 않다.

이자 면제 대상을 확대시켜야 했다. 「아동복지법」에 따른 자립준비청년을 대상에 포함시키도록 법을 개정했다. 해당 법안이 통과되어 본격적으로 시행된다면 자립준비청년의 이자 부담을 당장 덜어줄 수 있게 된다.

혹시라도 알면 속상할까 봐 엄마는 모르게 하고 싶다던 내 아이의 그 마음을 자주 생각한다. 부모 없는 설움을 이미 겪은 아이들이, 그래도 성인이 되면 조금 더 자유롭게 살 수 있겠지 생각했을 청소년들이 가난을 증명하길 요구하는 우리 사회의 배려 없는 정책을 몰랐으면, 단돈 몇 백만 원만 손에 쥔 채 던져진 세상이 이토록 냉정하고 차갑다는 현실을 모를 수 있길 바란다. 더 많은 청년이 남들보다 더 힘들게 살았다는 자기소개서 대신 하루하루 나아질 삶과 미래의 희망찬 꿈을 적을 수 있게 되길 바란다.

모르길 바라는 마음, 아이가 내게 일깨워준 사랑의 마음을 오늘도 되새긴다. 이 따뜻한 마음이 더 나은 돌봄사회로 가는 징검다리가 되어주길 바라며.

강한 엄마 말고 그냥 엄마

장애인돌봄서비스 확대

2020년 총선 강서갑 후보로 뛰던 시절 나의 별명 중 하나는 '강한 엄마'였다. 발달장애 딸아이와 단둘이 유학을 가 홀로 육아를 병행하며 학위까지 따고, 맨땅에 헤딩하듯 정계에 입문해 현역의원을 제치고 후보가 된 스토리 덕분에 얻은 별칭이었다.

하지만 강한 엄마는 사실 나 강선우만의 이름은 아니다. 발달장애가 있는 자녀를 키우는 모든 엄마들, 장애가 있는 가족을 보살피는 부모들 중 강한 엄마와 강한 아빠가 아닌 이들이 얼마나 있을까. 원치 않아도 장애인 자녀와 함께 높은 세상의 문턱을 넘으려면 그렇게 될 수밖에 없다.

발달장애아를 키우는 엄마들과 자주 만나면서 처음 아

이의 장애에 대해 알게 되었을 때의 심정을 서로 고백한 적이 있다. 다운증후군 자녀를 키우는 엄마도, 자폐스펙트럼을 가진 자녀를 키우는 엄마도, 그리고 나 역시도 고해성사하듯 털어놓은 이야기는 "얘가 없었다면", "얘가 태어나지 않았다면"이라는 혼자만의 생각을 해본 적이 있다는 것이었다. 누구에게도 솔직하게 말하기 어렵지만 장애를 가진 가족을 보살피면서 그런 생각을 해보지 않은 사람이 있을까. 마음으로 죄를 짓는 것 같은 죄책감을 느끼면서도 하루하루 희망이 보이지 않는 암흑 같은 날들을 보낼 때 종종 그런 생각을 했노라고 많은 가족들은 말했다. (물론 이것은 순간의 생각일 뿐, 중증의 발달장애든 상대적으로 가벼운 발달장애든 모든 자식은 부모에게 세상 그 무엇과도 바꿀 수 없는 귀하고 애틋한 존재다.)

어쩌면 누군가는 엄마로서 자격 미달이라고 비난할지 모른다. 그러나 끝이 정해지지 않은 돌봄이 남은 평생 오롯이 나의 몫이라는 걸 자각하게 될 때면 누구라도 불현듯 그런 생각에 빠질 수 있다. 24시간 곁에 붙어서 돌봐도 나아질 거라는 희망은 없고, 아이가 클수록 체격과 비례해 고집도 세지고, 이제 나이 들어갈 일만 남은 자신의 능력과 체력으로는 감당하기 벅찬 현실을 마주할 때 느끼는 막막함. 겪어보지 않은 이들은 쉽게 헤아릴 수 없다.

발달장애 자녀를 살해하고 세상을 떠난 부모의 소식을 만날 때도 그랬다. 피해자와 가해자의 영정사진이 나란히 놓인 모습을 보며 누군가는 '어떻게 부모가'라며 한숨 섞인 비난을 하겠지만 내 깊은 마음속 한 조각은 그럴 수밖에 없었던 절박한 심정에 아주 조금 더 기울곤 했다. 지난해 용산역 분향소에서 어머니들과 끌어안고 울던 순간, "여기 누가 그 생각 안 해봤겠어요."라던 한 분의 외침이 아직도 귀에 쟁쟁하다. 그 울음 섞인 목소리가 얼마나 가슴 아팠던지 귀가 아니라 심장에 아로새겨지는 것 같았다.

세상 어느 엄마가 아이가 자신보다 먼저 가기를 바랄까. 그런데 꼭 그렇게 되었으면 하는 마음으로 하루하루를 버티는 발달장애인 가족들이 있다. 죽음을 이해하지 못하는 자녀를 두고 자신이 먼저 떠난다면 아이가 어떻게 그 현실을 받아들일지, 죽음을 이해한다 해도 하루 종일 일 년 365일 곁에서 자신을 돌보아주던 엄마를 이제 다시 볼 수 없다는 슬픔을 어떻게 극복할 수 있을지, 엄마들은 두렵다. 차라리 떠나는 이는 남아있는 자들의 슬픔을 모르니 자식이 먼저 가기를, 그래서 살뜰하게 돌보아줄 부모 없이 발달장애인 자녀가 홀로 지내는 날이 없기를 바란다.

의료기술의 발달로 점점 길어지는 장애인의 평균수명 또한 가족들에게는 위안이자 걱정이다. 발달장애인 자녀가 오래도록 내 곁에 머물 수 있다는 것이 좋으면서도 가족이 손길이 미치지 못하는 시간의 삶, 특히 고령의 발달장애인에 대한 돌봄이 전혀 준비되어 있지 않은 우리 사회에 대한 걱정이 더욱 커진다.

발달장애인을 돌보는 일은 가족이 삶에 대한 의지마저 꺾기도 하는, 우리의 짐작만으로도 헤아리기도 어려운 고통이 매일 이어지는 일이다. 단순히 발달장애인에 대한 지원뿐만 아니라, 발달장애인을 돌보는 이들까지 고려하는 세심한 정책과 시스템이 필요하다.

장애인 가족이 오롯이 장애인 돌봄에만 평생을 바치지 않을 수 있도록 장애인 활동지원서비스가 시행되고 있지만 현실적으로 이용률이 낮다. 2021년 한국장애인개발원이 장애인과 6개월 이상 같이 거주한 가족을 대상으로 조사한 결과를 보면 응답자의 11.7%만 활동지원서비스를 이용했다고 응답했고 그 응답자들의 반 이상이 이용시간이 부족하다고 평가했다. 고령화로 인해 장애인 등록을 하는 노년층도 점점 늘고 있는데 장애인 활동지원서비스는 그 현실을 따라가지 못하고 있다.

낮시간 동안 발달장애인의 취미와 교육활동을 지원하는 '주간활동서비스' 역시 제대로 운영되지 못하고 있다. 보건복지부는 2019년 만 18~64세 발달장애인에게 하루 4~7시간가량 운동이나 음악·미술 활동, 영화·공연 관람 등을 제공하는 복지서비스를 도입했다. 하지만 전국 229개 시군구 중 30개 시군구에는 주간활동서비스를 제공하는 기관이 아예 없다. 경기 여주시와 오산시에는 만 18~64세 발달장애인이 각각 694명, 658명 살고 있지만 2022년 7월 기준 서비스 제공기관이 단 한 곳도 없었다. 개인적으로 비용을 지불하며 다른 사람의 손을 빌리지 않는다면 해당 지역의 장애인들은 여러 문화생활을 전혀 누릴 수 없고 그 가족들 역시 단 몇 시간이라도 돌봄에서 벗어나 잠시 한숨 돌릴 틈조차 가질 수 없다.

보건복지부의 '2021 발달장애인 실태조사'를 보면 전체 발달장애인 가운데 "모든 일상생활에 도움이 필요한 경우"는 22.5%를 차지했다. 의사소통이 거의 불가능한 발달장애인도 18.4%에 달했다. 발달장애의 정도가 심한 경우, 장애인을 돌보아야 하는 가족의 일상생활은 거의 불가능하다.

미국에서 공부하던 시절, 아이를 학교에 내려주고 나면 그 시간 동안 나는 나의 일을 할 수 있었다. 아이는 미국에서 일반 공립학교를 다녔는데, 친구들이 과학실에 갈 때면 내 딸은 언어치료실로 향했다. 개별 수업 목표나 계획에 따라 여러 치료 선생님이 일반 수업시간에 함께 참여해 필요한 치료를 돕기도 했다. 예를 들면, 체육시간에 친구들은 공놀이를 하지만 딸아이는 놀이치료를 하거나 물리치료 선생님이 개별적으로 들어와 치료를 병행하며 수업에 참여하는 식이었다. 아이의 학교생활은 말 그대로 '따로, 또 같이'였다.

심지어 딸아이가 외과수술을 하고 병원에 머물거나 회복을 위해 집에 머무는 동안에도 별도로 치료를 위해 시간을 내지 않아도 되었다. 선생님들이 병원으로 찾아와 전과 똑같이 언어치료, 놀이치료를 해주었다. 학교에서 하는 치료를 병원이나 집으로 옮겨 하는 것뿐이라고 설명해주는데도 마치 누려서는 안 될 호사를 누리는 것만 같아 매번 어색하고 미안했다.

　발달장애가 있는 아이와 단둘이 미국까지 유학을 떠났다는 사연에 나를 강한 엄마라고 생각하기 쉽다. 하지만 장애인을 위한 복지서비스 제공이 당연한 권리였던 곳에서 나는 강한 엄마가 될 필요가 없었다. 오히려 정치를 하겠다며 한국에 들어왔을 때, 지역에 드문 '특수반 고등학교'를 찾아 몇 날 며칠 진학신청서 쓰느라 바빴고 집과 30분 이상 거리가 있는 학교에 통학시키느라 일정 조정이 쉽지 않았다.

　나만 고단했던 게 아니다. 프레더 윌리 증후군의 넘치는 식욕 때문에 다른 사람보다 큰 몸집을 가진 딸아이는 자신의 외모를 지적하는 무례한 말들에 상처받았다. 낯선 사람이 아이의 몸을 너무 빤히 쳐다보아서 상처받는 일도 많았다. 미국에서는 한 번도 겪어본 적이 없는 일이었다. 처음에는 너무 당황하고 억울해했지만, 그냥 저런 시선도 있을 수 있구나 받아들여야 했다. 심지어 딸아이와 길을 걸을 때면 '자기는 차려입고 다니면서 아이를 저렇게 키웠다'고 혀를 끌끌 차는 어른들까지 있었다. 아마 많은 발달장애인과 그 가족이 겪는 일일 것이다.

발달장애인 가족들이 '몹쓸 생각을 해본 적이 있다'라는 고해성사를 하지 않게 하려면, 강한 엄마와 아빠가 되어 24시간을 오롯이 돌봄에 매달리지 않게 하려면, 하루 종일 아이를 따라다니고 모든 일을 도와주기도 벅찬데 다만 아이 치료비 얼마라도 보태기 위해 비정규직 일자리를 전전하지 않게 하려면, 체계적인 돌봄 시스템을 구축해야 한다. 아이를 학교에 보내놓고 잠시 한숨 돌릴 수 있는 시간이 일 년에 몇 번 겨우 누려보는 호사가 아니라 일상이 될 수 있도록 제대로 된 돌봄서비스를 충분히 제공해야 한다.

이를 위해 2022년 발달장애인 권익보장을 위한 의원모임 〈다함께〉를 출범시켰다.* 2023년 3월에는 발달장애인 국가책임 강화를 위한 간담회도 열었다. 열악한 발달장애인의 돌봄, 교육, 의료 인프라 등의 문제점을 살펴보고 국가 책임을 강화하기 위한 제도적 개선방안을 모색하는 자리였다. 아직 '발달장애 국가책임'까지는 먼 길이 남았지만 많은 의원들이 힘을 보태고 뜻을 모으는 자리가 이어진

---

* 강득구·강민정·강선우·고민정·김민석·김상희·김성주·김승원·김영배·김영주·김영호·김주영·김태년·김회재·도종환·서영교·신정훈·안민석·양이원영·유정주·윤건영·이수진(비례)·이용빈·임종성·임호선·전해철·정태호·조승래·최기상·한병도·한정애·허영·허종식·홍정민·황운하·황희 의원(가나다순)

다면 발달장애인 가족의 짐을 조금이라도 덜어줄 수 있지 않을까.

한때 '저녁이 있는 삶'이라는 구호가 큰 반향을 일으킨 적이 있었다. 비장애인뿐 아니라 발달장애인과 발달장애인을 키우는 가정도 가족이 모두 모여 단란한 저녁식사를 할 수 있어야 한다. 돌봄-돌봄-돌봄-또 다시 돌봄으로 이어지는 하루 일과 대신 발달장애인은 발달장애인대로, 가족들은 가족대로 각자의 할 일을 하다 저녁시간 함께 하루의 일과를 나누고 위로할 수 있어야 한다. 잠시라도 분리되어 쉬어가는 시간이 있어야 발달장애인도 그 가족들도 서로에게 더 편안해질 수 있다.

발달장애인의 부모도 평범한 일상을 누릴 수 있는 나라, 엄마와 아빠가 강하지 않아도 되는 나라, 어쩔 수 없이 강한 부모가 되어야 했던 모든 장애인 부모들이 꿈꾸는 세상이다.

누구도 소외되지 않도록

시각장애인 알 권리 보장

한 주의 일과가 마무리되는 금요일 밤, 가끔 〈나 혼자 산다〉 프로그램을 본다. 얼마 전에 우연히 본 내용은 '팜유'라 불리는 세 명의 멤버들이 떠난 베트남 여행기였다. 하루 종일 먹고 마시고 또 먹는 모습을 보며 소식좌에 가까운 나는 '먹는 재미가 저렇게 큰가' 싶기도 했지만 유쾌하게 웃고 떠들며 즐기는 모습을 보니 행복해지는 가장 쉬운 방법은 '좋은 사람들과 맛있는 음식을 먹는 것'이라는 말에 공감이 됐다.

가끔 보는 프로그램이지만 그 에피소드가 유난히 인상적이었던 건 그들이 베트남에서 산 엄청난 소스들 때문이었다. 식당에서 맛본 베트남 음식을 직접 요리해보기 위해 마트를 찾아 소스를 거의 쓸어 담았다. 간장에 매운 소스며 액젓 같은 것들까지 엄청난 양이었다. 얼마나 많이 샀는지 공항 검색대에서 따로 조사를 할 정도였다. 비록 베트남 글자는 알지 못해도 영어 단어가 있으면 그것으로, 혹은 식당에서 봤던 상표나 포장의 그림을 보면서 대충 어떤 소스인지 짐작하고 선택했다. 그런데 우리는 이토록 쉽게 살 수 있는 소스며 양념을 고르는 일이 불가능한 사람들도 있다.

장애인에게도 매일 무얼 먹을지는 일상의 숙제라 직접 장을 봐야 할 때가 많다. 온라인을 이용하기도 하지만 오프라인 매장을 찾기도 한다. 시각장애인에게도 입장 자체는 어렵지 않다. 마트 진입로에서 주출입구까지 설치된 점자블록이 있으니까. 그런데 마트 내부에 들어가면 그 안에서부터 난관을 겪는다. 일단 시각장애인들은 글자를 식별하기 어려우니 사고 싶은 물품의 위치를 알아내기 어렵고 직원 안내를 받아 원하는 판매대로 이동한 뒤에는 포장지에 적힌 글씨를 읽을 수 없어 답답하다. 제품을 살 때 꼭 확인해야 할 유통기한도 읽을 수 없다. 너무도 일상적인 장보기가 장애인에게는 혼자서는 도무지 해낼 수 없는 일이 되는 것이다.

2021년 국회에선 시각장애인을 위해 상비약에 점자를 의무 표기하도록 하는 법안을 통과시켰다. (2020년 발의된 이 법안은 2024년 7월 시행을 앞두고 있다.) 그렇다면 상비약보다 더 자주 매일 먹는 식음료는 어떨까? 현재 시판 중인 식품 및 식품첨가물 가운데 일부 주류·음료 제품은 시각장애인을 위한 점자 표시를 제공하고 있으나, 상세 제품명이 아닌 '음료', '탄산', '맥주' 등을 구분하는 수준으로 점자 표시가 되어 있다. 심지어 주류·음료 이외에 도시락, 샌드위치, 과자 등은 점자 표시가 전혀 제공되지 않는 제품이 대부분이었다. 장애인 소비자가 식품정보를 파악하기 어려울 뿐만 아니라, 최소한의 알 권리가 침해당하고 있는 셈이다. 누군가 도움을 주지 않으면 식품·음료 등의 오용 사고가 발생할 여지도 크다.

문제를 풀어내고자 2021년 대표발의한 「식품 등의 표시·광고에 관한 법률」 개정안은 식품과 식품첨가물 등의 제품명, 유통기한 등 식품 필수 정보를 구분할 수 있도록 점자 및 음성·수어영상변환용 코드를 표시하도록 의무화하는 내용을 담고 있다.

얼핏 생각하면 점자 표기가 뭐 그리 어려운 일일까 싶지만 모든 식품에 점자를 넣는다는 것은 현실적으로 쉽지 않다. 먼저 점자를 넣기에 면적이 좁은 경우도 있고, 다양한 포장재 종류에 따라 기술적으로 점자 표시가 어려운 사례도 있었다. 게다가 점자 삽입을 위해서는 관련 생산 설비를 확충해야 하는데 중소기업 입장에서는 당연히 큰 부담일 수밖에 없다. 점자 표기를 의무화한 해외 국가가 없는 탓에 수입제품에도 의무를 부과해야 할지, 혹 의도치 않게 무역장벽이 발생하는 건 아닐지 우려도 있었다.

그렇다고 법안만 발의하고 손을 놓고 있을 수는 없었다. 법안 통과를 위해 이 법이 왜 필요하고 중요한지 현실을 제대로 알아야 했다. 식품의약품안전처와 한국식품산업협회의 협조를 얻어 161개 식품업체 회원사 대상으로 현황조사를 진행했다. 조사결과 무려 전체 95%에 해당하는 154개 사가 점자 표시를 제공하지 않는 것으로 확인되었다. 시각장애인들이 겪는 불편이 내가 생각하는 것보다 훨씬 컸다. 반드시 통과시켜야겠다는 의지가 커졌다.

식약처와의 수차례 논의 끝에 '식품 표시정보 장애인 접근성 개선 연구사업'을 실시했다. 다양한 업계와 기업에 대한 수요를 조사해 의견을 수렴하고 점자표시 이행 기업에 인센티브를 제공하는 방안도 수립했다. 21년 11월 '식품의 점자 표시 가이드라인'이 준비되었다.

그리고 2023년 5월 드디어 시각장애인 소비자의 알 권리를 보장하고 오용 사고를 예방할 수 있는 법안이 국회를 통과했다. 기업의 적극적인 참여를 위해 상세한 점자표기를 하는 기업에 대해서는 인센티브를 주는 법적 근거가 마련된 것이다. 아쉽게도 모든 식품에 대해 점자 표시를 의무화하는 당초 목표에 이르진 못했지만, 민관협의체와 함께 자율적용 업체가 참여하는 실무협의체 역시 지속적으로 운영하며 점자 표시 확대를 적극적으로 추진하려 한다.

아마 이 법안의 이야기를 들으면 '이런 법은 벌써 있었어야 하는 게 아닐까'라고 생각하실지도 모르겠다. 생존을 위해 매일 먹어야 하는 식품에 대해 쉽게 정보를 알 수 있도록 하는 점자표기가 없었다는 것이 이상하게 느껴지기도 한다. 그런데 국회에 들어오고 보니 이런 빈틈, 당사자가 아니고서는 알 수 없는 어려움을 해소해주지 못하는 일들이 많았다. 법안은 만들어져 있지만 실효성이 떨어지는 내용으로 채워진 것들도 많았고, 기껏 애써 법안을 통과시키더라도 현장에서 제대로 작동되지 못하는 정책과 제도도 많았다.

몇 년 사이 전기요금도 오르고 가스비도 오르고 날마다 팍팍해지는 살림에 겨울이 다가오면 집안의 빈틈을 막는 일이 필수가 됐다. 문풍지로 창틀을 막고, 오래되어 낡고 허술한 방문은 문 아래 틈을 막아주는 완충재를 쓰시는 분들도 봤다. 두툼한 커튼으로 새시 틈 사이로 들어오는 바람을 막기도 한다. 별것 아닌 듯하지만 그 틈을 메우는 일이 집안의 온도를 높이고 따뜻한 집을 만드는 데 중요한 방한대책이 된다.

우리 사는 세상을 온돌방 같은 공간으로 만들기 위해서도 비어 있는 틈을 찾고 메우는 일이 중요하지 않을까.

돈 있고 권력 있는 이들에게는 그들의 목소리를 들어줄 곳도, 대변해줄 곳도 많다. 혹 자신의 이익과 입장을 대리 변호해줄 존재가 없어도 괜찮다. 대변해줄 이들을 찾아 고용하면 되니까. 하지만 사회적인 지위는 고사하고 하루하루 생계가 어려운 이들이 자신의 주장을 세상에 알리기란 쉽지 않다. 특히 비용이 드는 일이라면 비용 대비 효율성이 떨어진다는 이유로 사회적 약자나 소수자를 위한 정책이나 지원은 뒤로 밀리기 쉽다. 우리 사회 안전망의 빈틈은 대개가 사회적 약자나 소수자를 위한 분야에 있다.

자신들을 위한 정책이나 법안이 없는 것도 문제지만 그 문제의 근본이 되는 사회적인 배제와 소외 또한 큰 상처다.

사람들은 자신이 소외되는 일에서 육체적인 통증까지 겪는다. 미국 컬럼비아대학 생리학과 에드워드 스미스 교수 연구팀은 데이트 신청에서 거절당하는 것, 파티에 초대받지 못하는 것, 실연이나 이혼 등의 다양한 사회적인 배제가 뇌에 어떤 영향을 미치는지 실험했다. 그 결과, 거절당하는 경험이 전대상피질에 고통을 유발하는 것으로 나타났다. 그들이 느끼는 감정은 화상을 입었을 때 느끼는 고통과 같았다고 한다. 소외와 배제의 경험이 신체적인 아픔까지 불러일으키는 것이다.

영국의 저명한 사회학자 지그문트 바우만Zygmunt Bauman도 "현대인이 가장 공포스러워하는 건 당장 먹고 사는 문제가 아니라 경험에서 자신이 배제되는 것"이라고 말했다. 모두가 알고 누리고 있는데 나만 모르고 나만 제외되었다는 느낌은 늦가을 갑작스러운 추위를 만난 것 같은 쓸쓸하고 시린 기분을 안겨준다.

　어느 누구도 배제되거나 소외되지 않고 완벽하게 보살 핌을 받는 사회란 사실 우리의 머릿속에만 존재하는 이상 향일지도 모른다. 그러나 불가능에 가까운 일이라고 미리 포기해선 안 된다. "한 사람이 바라면 꿈이지만 모두가 바 라면 현실이 된다."는 말처럼 이상적인 사회를 그리면서 빈틈을 메우다 보면 사회적 그늘에 놓인 이들의 숫자는 조 금씩 줄어들고 우리가 바라는 따뜻한 공동체에 조금 더 가 까워질 수 있지 않을까.

　때로 현실적인 제약을 느끼고 일보 후퇴할 수밖에 없는 상황을 겪기도 하지만 힘들어도 꾸준히 걷다 보면 그 길의 끝에 다다를 수 있다는 믿음을 놓지 않고 싶다. 어쩌면 그 믿음이야말로 우리 모두를 안전하고 다정한 세상으로 데 려다줄 가장 소중한 티켓일 테니까.

미래를 위한 따뜻한 투자

혈우병 환아를 위한 헴리브라 급여기준 개정

가끔 어떤 단어의 어원을 듣고 놀랄 때가 있다. 부부들이 서로를 부를 때 쓰는 당신이라는 단어의 당은 한자로 '마땅할 당當' 신은 '몸 신身'이라고 한다. 몸은 떨어져 있지만 내 몸과 같은 사람, 나와 같은 존재라는 의미다.

사랑하는 이들은 서로를 한 몸처럼 아낀다. 서로 다른 존재이지만 하나가 되고 싶은 것이 사랑의 마음일지도 모른다. 그런데 우리가 서로 다른 몸을 가진 존재라는 걸 어쩔 수 없이 인정하게 되는 순간이 있다. 사랑하는 이들이 아플 때다. 아무리 사랑해도 대신 아파줄 수는 없다. 아픈 이를 지켜보는 내 마음이 아프다 한들 고통을 겪는 당사자만 할까.

뼈가 약해서 철심이며 플레이트를 박는 수술을 몇 번씩 하고 새롭게 걸음마를 배우는 것처럼 재활훈련을 받을 때면 딸아이는 울었다. 멀쩡한 살을 째고 뼈 속에 철심을 박았으니 얼마나 아플까, 생각만으로도 마음이 먹먹했지만 "이거 잘해야 걸을 수 있다."고 담담하게 말했다.

아이를 낳았을 때 아기가 유난히 힘이 없고 우유도 잘 먹지 못하자 산부인과에서는 큰 병원으로 옮겨갈 것을 권했다. 대형병원으로 간 이후에는 여러 검사가 이어졌다. 혈관이 잘 잡히지 않으니 이마에 주사를 꼽고 관을 연결하는 검사며 시술이 수시로 있었다. 가뜩이나 기운이 없는 아이가 온몸을 쑤시는 주사의 고통에 쉰 목소리로 우는데 지켜볼 수밖에 없는, 무력하고 참담한 심정, 겪어본 이들은 다 알 것이다. 조금 더 건강하게 낳아주지 못한 내가 죄인 같았다.

가끔 아이 혈관을 잡지 못해 여러 번 주사를 넣는 걸 보면 항의를 하고 싶다가도 간호사나 의사 선생님의 심기를 불편하게 했다가 내 아이를 대하는 손길이 거칠어지면 어쩌나 괜한 노파심에 말 한마디 제대로 하지 못했다. 아이 대신 내가 아플 수만 있다면 좋겠다는 그런 부질없는 생각은 또 얼마나 많이 했는지, 아픈 아이를 보는 모든 부모의 마음이 같을 것이다.

희귀난치성 질환인 혈우병은 선천적으로 혈액응고인자가 결핍되어 아주 작은 충격에도 피가 잘 멈추지 않는다. 안타깝게도 완치는 불가하고 혈우병 환자의 몸속에 부족한 혈액응고인자를 주입하는 치료가 현재로서는 최선이다. 그런데 혈액응고인자에 대한 항체가 있는 환자들이 있다. 이런 경우 혈액응고인자를 주입해도 치료 효과가 없기에 항체를 먼저 제거하는 면역관용요법ITI 시술을 해야 한다. 보통 주 2~3회 이상, 최대 2~3년간 정맥주사(우리가 흔히 링거나 링겔로 부르는 정맥주사)로 시술을 한다.

링거를 맞아본 분들은 아시겠지만 링거 주사는 바늘이 두껍고 커서 치료가 쉽지 않다. 어른들도 이 주사를 싫어하는 경우가 있다. 그런데 아이들이 이 정맥주사 시술을 많게는 일주일에 3번이나 받아야 하는 것이다.

다행스럽게도 몇 년 전 '헴리브라'라는 새로운 피하주사제가 나왔다. 보통 우리가 맞는 주사처럼 피부에 주사하는 방식으로 환자들이 최대 4주에 1번, 복부나 엉덩이 등에 주사를 맞으면 된다. 혈우병 환자들이 겪는 고통이 많이 줄었다.

문제는 건강보험의 적용이었다. 헴리브라는 원래 만 12세 이상 중증A형 혈우병 항체 환자에게 건강보험이 적용되어 왔고 2021년 2월부터는 만 12세 미만의 어린 환자에게도 건강보험 적용이 가능해졌다.

그런데 급여기준이 이상했다. 최대 2~3년에 걸친 면역 관용요법[III] 시술을 먼저 해보고 실패한 경우에만 헴리브라에 건강보험을 적용해준다는 것이다. 그 작은 아이들의 팔에 두꺼운 바늘을 몇 백번이나 찔러보고 안 될 경우에만 적용하겠다는 얘기다. "아이가 얼마나 고통스러운지 입증하라, 도저히 아파서 정맥주사를 못 맞을 정도면 급여로 투여할 수 있게 해주겠다."니 혈우병 환자의 진료선택권을 깡그리 무시한 가혹한 정책이었다.

한 아이의 부모로서도, 국민의 안녕과 건강을 살펴야 할 국회의원으로서도 그냥 보아 넘길 수 없는 문제였다. 2021년 국회 보건복지위원회 전체회의에서 보건복지부 장관에게 소아 혈우병 환자들의 안타까운 사연에 대해 질의했다. 환자들의 치료 편의성과 존엄성, 관련 학회 의견, 해외 사례, 새로운 치료법의 경제성 등을 검토했을 때 12세

미만 어린 환자들에게 불필요한 고통을 겪게 할 이유가 없다는 것을 지적했다.

소아 혈우병 환자들도 새로운 치료법이 가능하도록 심평원 급여기준과 보건복지부 고시의 조속한 개정을 촉구했고, 소아환자의 특성을 고려해 급여기준 개선을 종합적으로 검토하겠다는 장관의 답변을 받았다. 이후 복지부와 심평원과 지속적으로 협의한 끝에 혈우병 환아들도 헴리브라 급여 치료가 가능한 길이 열렸다. 이제 아이들이 그 두꺼운 바늘로 정맥을 뚫는 고통을 겪지 않아도 된다. 잘못된 정책과 기준을 바꾸는 일이 혈우병 환아들의 통증을 덜어주었다. 의정활동의 기쁨과 보람은 이런 때 가장 크다.

과거의 우리는 모두 아이였다. 세상 수많은 생명체 중 태어나고 일 년 가까운 시간이 흘러야 겨우 걸음마를 떼는 동물은 인간이 유일하다. 걷지 못하는 것은 물론 기어다니지도 못하는 미숙한 상태에서 세상에 던져진다. 그래서 육아의 시간이 힘겹고 지난하지만 엄마 품에서 젖을 먹고 보살핌을 받는 그 시간 덕분에 사람의 뇌는 성장한다. 보통의 포유류가 45% 정도의 뇌 용적률을 가지고 태어나는 것에 비해 인류는 25%만 완성된 상태로 태어나 출생 후 12개월이 될 때까지 엄마 뱃속에 있을 때와 같은 속도로 성장한다. "인간이 고등한 지적 존재로 진화할 수 있었던 결정적인 요인은 뇌의 75%가 태어난 뒤에 크는 특이한 성장 패턴을 갖췄기 때문"*이라고 한다. 보살핌과 돌봄은 인간의 탄생과 성장에 필수적인 요소이고 어떤 돌봄이 있는가에 따라 성장가능성도 달라지는 것이다.

아이는 보살핌이 필요한 대상이기도 하지만 우리의 미래이기도 하다. 저출생을 걱정하며 나라의 미래를 근심하는 것은 이 나라를 이끌어갈 동량棟樑이 바로 지금의 어린이, 미래의 청년이기 때문이다. 혈우병 환아들뿐 아니라 이 땅의 모든 아이들이 제대로 치료받고 건강하게 자라도록 돕는 일, 비용이 아니라 우리의 건강한 미래를 만들고 더 좋은 내일을 만들어가는 따뜻한 투자다.

---

* 랠런 위커, 팻 쉽맨 〈뼈의 지혜〉

꽃으로도 때리지 말라

아동학대 방지 예산 증액

천국이 정말 있을까. 종교에 따라 자신의 믿음에 따라 천국 같은 사후세계가 있기도 없기도 하겠지만 '제발 천국이 있었으면' 간절히 바라게 되는 순간이 있다.

양천구 입양아 학대 사망 사건을 접했을 때가 그랬다. 까르르 웃는 모습에 나까지 미소 짓게 되는 그 어여쁜 아이가 학대 속에 죽어갔다는 사실을 믿고 싶지 않았다. 겨우 16개월, 2년도 채 살지 못하고 떠난 그 아가의 죽음을 도대체 어떤 말로 애도할 수 있을까. 제발 이 생에서 받지 못한 사랑을 다른 세상에서라도 듬뿍 받고 살았으면, 좋은 어른들을 만나 천국에서라도 건강하고 행복하게 살아갔으면 하는 마음으로 기도했다.

양천구 입양아 학대 사망 사건이 크게 알려졌을 뿐, 부모의 학대와 폭력 속에 목숨을 잃거나 평생을 상처 받으며 사는 아이들이 너무도 많다. 아동학대 피해경험률은 2021년 아동 십만 명당 502.2건으로 2020년 401.6건에 비해 증가하였다. 2001년 아동 십만 명당 17.7건에서 지속적으로 늘어가고 있으며, 2007년 이후 안정된 추세를 보이다 2014년부터 다시 급격히 상승하는 추세를 보이고 있다.[*]

특히 코로나가 발생하기 전인 2018년에는 2만 4,604건이던 아동학대 발생건수가 2021년 3만 7,605건을 기록하면서 52.84%나 급증했다. 가정학습이 실시되고 어른들 역시 바깥 활동이 줄어들자 부모에 의한 학대가 더욱 많아진 것이다. 심지어 예전에는 학교 등 외부에서 주위 사람들이 폭력의 징후를 발견하고 신고할 수 있었지만, 코로나 이후 모두가 집에 고립된 상황에서는 그 피해사실조차 알아차릴 수 없는 경우가 더 많았을 것이다.

2020년 양천구 입양아 학대 사망 사건이 발생하자 정부는 학대피해아동쉼터 29곳을 늘려 2021년 연내 총 105곳으로 확충하겠다고 발표했다. 그러나 현실성 없는 대책

[*] 보건복지부 「학대피해아동보호현황」

이었다. 2019년 단 한 해를 제외하고 최근 수년간 정부가 학대피해아동쉼터를 목표했던 만큼 설치한 적은 없었기 때문이다. 심지어 서울과 인천에서는 국가의 지원에도 불구하고 쉼터 설치를 포기한 채 국비를 반납하기도 했다.

이유는 언제나 충분하지 못한 예산이다. 학대피해아동 쉼터는 국비 40%, 지방비 60% 비율로 지원을 받아 설치한다. 그런데 국가의 쉼터 설치비 지원 단가가 터무니없이 낮으니, 특히 수도권은 주택매입이 사실상 어렵다. 상황이 이렇다 보니 지원을 받고도 설치를 포기하는 지자체가 생겨난다. 어렵게 쉼터가 설치되어도 운영비가 부족하다. 쉼터 운영비와 사업비 역시 수년째 동결되었다가 2020년 고작 1% 올랐다.

게다가 지자체별로 지원금 액수도 다르다. 대개 1인당 입소비용으로 최소 50만 원 정도가 드는데 아동의 숫자와 상관없이 쉼터의 지원비용은 몇 백만 원에 불과하다. 피해아동들이 기초생활수급비를 못 받는 경우도 허다하다. 아동은 부모와 분리되면서 기초생활수급자가 되는데, 부모 동의 없이는 미성년자 통장을 만들 수 없다. 대개 학대의 주체인 부모가 아이의 통장 개설을 허락해주지 않아서 수

급비 50만 원도 받지 못하게 되는 것이다.*

그나마 학대 피해가 알려져 쉼터로 입소하는 아동들은 운이 좋은 편이라고 해야 할까. 지금의 인력으로는 학대신고를 받고 현장에 출동해 피해아동을 즉시 분리하는 일도 어려운 형편이다. 현재 아동학대전담공무원 배치는 학대신고 50건당 1명이다. 이마저도 지자체에 따라 최소인력조차 채우지 못한 곳이 많다.

학대가 확인되어도 쉼터 입소를 거절당하는 사례까지 있다. 2018년 대전의 10세 남자아이는 정신장애가 있는 친모로부터 반복해서 폭행을 당했지만, 중증 자폐 때문에 쉼터에서 보호를 꺼려 자신을 때리던 엄마가 있는 원 가정으로 돌아가야만 했다.

피해아동을 구조하고 보호하며 상담 치료하는 아동보호전문기관도 열악하기는 마찬가지다. 우리 아동보호전문기관의 상담원 1인당 사례관리 건수는 41건으로 미국 기준의 2배가 넘는다. 하지만 인건비는 사회복지시설 가이드라인 대비 87% 수준으로 낮고 평균 근속기간은 2.6년,

---

* SBS뉴스 〈취재파일〉 "'월 350만 원' 턱없이 부족한 지원금…사명감에 기대는 학대아동쉼터"

이직률은 28.5%에 이른다. 아이들에 대한 사명감으로 일하던 젊은 사회복지사들이 학대가해자의 폭행과 폭언을 견디지 못하고 일을 그만두는 실정이다.

문재인 정부는 아동학대 예방부터 발견, 분리, 보호와 치료 등 정부의 아동학대 대응체계 자체를 민간이 아닌 공공주도로 전환시켜왔다. 위기아동 발굴을 위한 e아동행복지원시스템 구축, 보건복지부 내 아동학대대응과 신설과 아동권리보장원의 출범, 아동학대전담공무원 배치까지… 지자체부터 중앙까지 시스템을 아주 겹겹이 마련했다. 이처럼 바람직한 방향으로 정책이 선회했지만, 현장에선 여전히 문제가 반복되었다. 왜냐? 결국 돈이 부족하기 때문이다.

아동인권 분야 관계자분들을 만나면 한결같이 하시는 말씀이 "아이들은 세금도 내지 않고, 표도 되지 않기 때문에 정부도, 국회도 예산을 잘 쓰지 않는다."는 것이었다. "그럴 리가 있겠습니까." 답변했지만 정말 부끄럽고 죄송했다. 사실에 가깝기 때문이다.

실제 대한민국의 아동보호 관련 예산은 GDP 대비 0.2%, OECD 평균의 7분의 1 수준이다. 매년 수만 건의

학대 사건이 발생하고, 또 수십 명의 아이들이 죽지만, 정부와 국회는 돈이 들지 않는 가장 손쉬운 방법부터 찾아왔다.

이제는 달라져야 한다는 생각에 대표발의한 것이 「아동복지기금 신설법(아동복지법 개정안)」이었다. 아동학대 정책 수립의 주체는 보건복지부지만 아동학대 대응 예산 중 90%는 기재부의 복권기금과 법무부의 범죄피해자 기금에서 충당되고 있었다. 학대를 당하는 아이들을 지키기 위해 복권이 많이 팔려야 하고, 벌금과 과태료가 많이 걷혀야 하는 구조였다. 정비된 법과 제도가 제대로 현장에서 돌아갈 만큼 충분한 예산이 쓰일 수가 없었다.

'아동복지기금 신설법'은 아동학대 방지 예산을 복지부 소관으로 일원화하는 것이 핵심 내용이다. 관심을 촉구하기 위해 299명의 동료의원께 친전을 돌려 관심과 동참을 호소했다. 대정부질문에도 나섰다. 그 결과, 기획재정부가 아동학대 방지 예산을 보건복지부 소관으로 일원화시켰고, 예산 역시 기금이 아니라 일반회계로 전환하여 편성하겠다고 발표했다. 정부 예산안 역시 큰 폭으로 증액되었다.

국회의원이기에 앞서 아이를 키우는 엄마이다 보니 주위의 아이들을 조금 더 세심하게 살폈으면 하는 바람도 있다. 싱가포르에서는 아이가 미소를 짓고 있는 공익광고가 화제가 된 적이 있다. 누가 봐도 행복해 보이는 아이지만 아래쪽 QR코드에 스마트폰을 대면 아이가 당하는 학대 이야기가 나오게 되어 있다. 그리고 광고 하단에는 "당신이 보지 못했다고 해서 그 일이 일어나지 않은 건 아닙니다.(Just because you don't see it, doesn't mean it's not happening)"라는 문구가 적혀 있다.

'사물이 보이는 것보다 가까이 있음'이라는 자동차 사이드 미러의 안내처럼 뉴스에서나 만나는 사례라고 생각하기 쉽지만, 의외로 냉대와 구박 속에 아파하는 아이들이 가까이 있을지 모른다. 일상에서 만나는 우리 주변의 아이들을 조금만 관심 있게 바라본다면 학대로 상처받은 아이들을 더 빨리 발견하고 지켜줄 수 있지 않을까.

세금도 내지 못하고 투표권도 없지만 우리 아이들은 이 나라의 주인이자 국민이고 미래이다.

학대 받는 아동을 위한 예산을 정비하고 증액시킨 일은 단지 어른이라면 진작 했어야 하는 일을 뒤늦게나마 쫓겨

해낸 것에 불과하다. 꽃보다 어여쁜 아이들이 무관심 속에 시들어가는 일이 없도록 법과 제도가 제대로 작동하는지 끝까지 지켜볼 것이다.

내 일이 다른 내일을 만든다

발달장애인 고용 증대

"엄마 내가 밥 살게, 가자."

주말에 집에 온 딸이 의기양양하게 밥을 사겠다며 만 원짜리 메뉴를 골라보란다. "돈 어디서 났어?" 물으니 "내가 벌었지." 신이 나서 답을 한다.

아이가 다니고 있는 학교에는 뷰티케어학과, 바리스타학과와 애견케어학과 등 총 6개의 전공학부가 있다. 그중에서도 딸아이는 애견케어 전공학생으로 애견교육과 애견 훈련·관리에 필요한 실무교육을 받고 있다. 이 날 모아온 돈은 애견 목욕을 하면서 받은 아르바이트비 5천 원과 학교에서 이런 저런 보조를 하면서 탄 돈을 합한 것이었다.

딸아이가 강아지를 목욕시키는 모습을 동영상으로 받

아보면서 엄마로서 안쓰러운 마음이 앞섰다. 추운 날 강아지 목욕시킨다고 애쓰는 녀석도, 아직 익숙치 않은 손놀림에 물을 쫄딱 맞으며 떨고 있는 강아지도 애처로웠다. 그냥 집에서 노는 게 편하지 않을까? 꼭 배워야 할까? 자기 몸 하나만 잘 씻으면 되지, 너무 많은 걸 시키고 바라는 건 아닐까? 싶기도 했다. 그런데 아이의 반응은 달랐다. 힘들어도 자신이 무언가를 하고 그에 대한 보상을 받는다는 사실이 너무도 기쁜 듯했다.

강서장애인가족지원센터에서 만난 유현이는 요즘 한창 구직중이다. 다운증후군이 있지만 자신에게 주어진 일은 성실하게 해내는 친구라, 20대 성인이 된 후 장애인 일자리를 찾아 직장생활을 해왔다. 요즘은 일자리 계약이 끝나 잠시 쉬고 있는 상황, 그러다 보니 일을 하지 못하고 지나가는 하루하루를 너무 아쉬워한단다. 얼마나 노동에 대한 의욕이 높은지 일자리 센터에 직접 전화해서 자기가 할 수 있는 일을 찾아달라고 부탁했단다. 하루에 4시간씩, 주 5일 한 달을 일하면 100만 원 정도를 벌지만 자신이 사회활동을 한다는 것, 스스로 돈을 벌고 그 돈을 마음대로 쓸 수 있다는 사실이 유현이를 행복하게 만들어주는 것이다.

　발달장애인의 사회활동은 단지 그들이 고정적인 수입을 갖게 된다는 점에서만 끝나지 않는다. 지역구에 위치한 강서퍼스트잡지원센터에서는 주변 몇몇 초등학교의 청소작업을 하고 있다. 처음 장애인과 함께 학교를 찾아가면 걱정스럽고 불안한 시선이 많다고 한다. 장애인을 어떻게 대해야 할지, 혹시나 장애인에게 무례한 행동을 하지는 않을지 걱정스럽기도 하고 청소가 쉽지 않은 일인데 발달장애인들이 잘해낼 수 있을까 우려도 있다.

　하지만 하루 이틀 발달장애인들과 만나는 횟수가 늘어나고 성실하고 정확하게 자신의 일을 해내면 교직원들의 반응이 달라진다고 한다. 잘한다고 칭찬도 하고, 맛있는 간식거리가 있으면 같이 먹자고 제안도 하고, 너무 고맙다는 편지도 써주고. 발달장애인이 그렇게 대하기 어려운 사람들만은 아니라는 점, 그냥 편하게 소통하고 잘 지내면 얼마든지 사회 구성원으로 함께 할 수 있다는 사실을 알게 되는 것이다.

　장애인을 차별하지 말자는 요란한 캠페인도 당연히 필요하다. 그런데 직접 장애인을 만나고 오래 지켜볼 기회가 생기면 발달장애인도 우리와 같은 존재라는 것, 표현방식이 다르고 소통에 어려움이 있지만 각자의 개성을 가진 한 사람이라는 걸 자연스럽게 인식하게 된다. 심지어 장애마다 다른 특성이 있고, 또 같은 발달장애라도 다양한 성격이 있다는 것을 알게 된다. 그 어떤 정책보다 자연스러운 장애인식 개선이다.

긍정적인 효과는 이뿐만이 아니다. 발달장애인들 역시 '고맙다'라며 자신들에게 인사하는 모습을 보면서 '내가 이토록 쓸모 있고 가치 있는 존재구나'를 새삼 느끼게 된다. 얼마든지 사회생활을 할 수 있고, 그 속에서 일하는 보람도 돈 버는 재미도 누릴 수 있다. 자존감이 높아지는 계기가 되는 것이다.

몇 년간 같은 직장에서 꾸준히 일하게 되면서 자신의 이름이 적힌 명함을 갖게 되는 발달장애인들도 있다. 그들이 명함을 교환하는 모습을 본 적이 있을까. 직장인이라면 누구나 갖게 되는 명함이지만, 그들의 얼굴에는 유독 더 큰 자랑스러움이 묻어난다. 취업의 기쁨과 일하는 보람은 비장애인에게만 있는 것이 아니다.

물론 장애인들 역시 일을 하면서 겪는 스트레스와 부담이 있다. 출퇴근하는 일 자체가 어렵기도 하고 새로운 사람을 만나 적응하는 과정 자체도 극복해야 할 과제다. 사람들의 시선을 받는 일도, 혼자 무언가를 해나가는 일도 당연히 어렵다. 그러나 수영을 하려면 물에 들어가 봐야 하듯 사회에서 살아가려면 사회에 섞여 들고 사람들과 부대끼는 연습이 반드시 필요하다.

얼마 전 딸아이가 학장님께 혼이 난 이야기를 듣다가 엄마로서 반성했던 순간이 있다. 자신의 뜻대로 되지 않자 바닥에 드러누워 떼를 쓴 아이는 결국 학장님에게까지 불려갔다. 학장님은 "아니 똑똑한 애가 화장실도 제대로 못 가?"라며 아이의 난동을 지적했는데 다른 소리에는 아무 말도 없이 있던 아이가 갑자기 "나 똑똑해?"라고 물었다는 것이다. 그 말에 "그래, 너 그림도 잘 그리지, 장식품도 만들어서 선물하지. 친구들이랑도 잘 지내지. 강아지도 잘 돌봐주지. 그러면 똑똑한 거지. 그런 애가 화장실도 못 가?"라고 다시 답하니 우리 애가 무척 좋아했다는 말씀이셨다. 자기 생각에는 늘 다른 이들은 자신보다 똑똑한 사람, 자신은 조금 부족한 사람이었는데 '너도 똑똑하다'는 그 말이 너무도 기분 좋은 칭찬으로 다가왔던 것이다.

아이가 태어난 이후 최선을 다해 키우고 온 마음으로 사

랑했다고 생각해왔지만 생각해보니 딸에게 똑똑하다는 칭
찬을 해준 적은 없었던 것 같다. 프레더 윌리 증후군이 있
어도 돌발상황에 대처도 곧잘 하고 엄마 따라 미국에서 한
국으로 옮겨오면서 급격하게 달라진 환경에 적응도 금방
한 녀석이었는데, 나조차도 내 자식의 강점을 제대로 보지
못하고 있었던 건 아닌지 스스로를 반성했다.

잘한다, 똑똑하다는 칭찬과 격려는 비장애인에게만 필
요한 것이 아니다. 잘한다는 말에 우리 모두는 자란다. 마
음이 자라고 능력이 자라고 행복이 자란다. 우리 모두에게
는 어떤 일을 성취하고 인정받고 칭찬받으며 스스로를 긍
정할 기회가 필요하다.

장애인 의무고용제는 기업과 공공기관이 반드시 장애
인을 고용하도록 규정한 제도다. 우리나라는 장애인의 경
제활동을 지원하기 위해 1991년부터 장애인 의무고용제
를 실시하고 있다.

세부적으로 살펴보면「장애인고용촉진 및 직업재활법
(제28조 및 시행령 제25조)」상 상시노동자 50명 이상인 민
간기업은 장애인 의무고용제에 따라 전체 노동자의 3.1%
를 장애인 노동자로 구성해야 한다. 공공기관은 3.6%로

조금 더 높은 편이다. 만약 이 의무고용률을 지키지 않을 경우 벌금 형식의 '장애인 고용부담금'이 부과된다.

하지만 이 의무고용이 잘 지켜지지 않고 있다. 한국장애인고용공단에 따르면, 2022년 상반기 우리나라 전체 장애인 고용률(만 15세 이상)은 36.4%에 그치는 것으로 나타났다. 그 전해와 비교하면 장애인 고용률 34.6% 대비 1.8% 포인트(p) 소폭 상승했으나, 전체인구 고용률 63.0%와 비교하면 아직 절반 수준이다. 심지어 더 적극적으로 장애인 고용에 나서야 할 공공기관의 참여가 저조하다.

최근 5년간 장애인 의무고용을 지키지 않아 정부부처(헌법기관, 교육청 포함)가 낸 부담금은 총 1,270억이고, 764개의 공공기관이 납부한 부담금은 총 1,339억이다.

기업은 물론이고 정부부처와 공공기관마저 장애인 고용을 하지 않는 것은 부담금을 내는 것이 경제적으로 훨씬 남는 장사이기 때문이다. 법을 지켜 장애인 고용의무를 다하는 기업은 장애인 노동자에게 최저임금액 이상의 임금을 지급해야 한다. 여기에 장애인 노동자를 위한 시설, 장비 등을 갖춰야 하기 때문에 추가로 큰 비용이 들어간다. 반면 고용의무를 포기하고 부담금을 내기로 한다면 '월별

미고용 인원수'에 '부담기초액(최저임금액의 60%)을 기준으로 가산한 금액'을 곱한 액수를 연말에 한꺼번에 내면 된다. 고용의무를 어기는 것이 경제적으로 훨씬 이득이 되는 것이다.

게다가 장애인 고용촉진법을 어겨 수백억대의 부담금을 내면서도 공표명단에서 제외되는 기업도 수두룩하다. 민간기업이 의무고용률의 절반만 지켜도 장애인 고용의무 불이행 해소 계획서나, 직원 대상 장애인 인식개선교육 실시 등 형식적인 노력이 담긴 내용만 제출하더라도 공표명단에서 빠질 수 있기 때문이다. 결국, 현행 장애인 고용 촉진 방식은 '기업 봐주기식'으로 운영되고 있는 셈이다. 상황이 이렇다 보니 고용을 촉진하기 위해 만든 고용부담금 제도가 오히려 고용회피의 꼼수가 되고 있다. 민간기업은 법정부담금으로 책임을 다했다고 생각하고, 정부는 기업이 명단공표를 피할 구멍을 열어두고 있다. 장애인 의무고용의 경각심을 주기에 턱없이 모자란 의무고용 및 명단공표제도가 실효성 있게 이루어질 수 있도록 입법으로 뒷받침해야 한다. 전반적인 제도 개선이 필요하다.

노동권은 헌법이 보장한 기본권이자 인간으로서 당연

히 누려야 할 권리이다. 하지만 비장애인 위주의 일자리 정책에서 장애인의 '일할 권리'는 쉽게 무시되었고 온갖 차별적인 상황이 이어지면서, 안타깝게도 장애인 고용은 마치 엄청난 시혜처럼 인식되기도 한다. 장애인 고용은 이 기울어진 운동장을 바로 잡는 일이고 모두에게 공평해야 할 일할 수 있는 권리를 되찾아주는 일이다.

일을 통해 우리는 먹고 사는 생계를 해결하기도 하지만 일을 통해 성취감을 얻고 그 성취감은 스스로에 대한 자존감을 높이는 것으로도 이어진다. 은퇴 이후 생활에 어려움이 없어도 일자리를 찾아 나서는 사람들만 봐도 일이 단순히 생계를 위한 것만은 아님은 충분히 알 수 있다. 더구나 장애인이 고정적인 일자리를 갖게 되면 장애인 또한 예측가능한 일상을 꾸릴 수 있게 된다. 장기적으로는 자립도 가능해지고, 장애를 넘어 서로 자연스럽게 어우러져 사는 사회에도 기여할 수 있다.

내 일이 있다는 것은 장애인에게든 비장애인에게든 존재의 의미와 삶의 행복을 느끼게 하는 일이다. '내 일'이 우리의 다른 '내일'을 만든다.

평등하게 건강할 권리

발달장애거점병원과 공공어린이재활병원 확충

2020년 아카데미 시상식에서 작품상을 비롯 무려 4관왕을 차지한 봉준호 감독의 〈기생충〉에서 가장 인상적인 장면은 쏟아지는 폭우를 뚫고 가족들이 집으로 돌아오는 장면이었다. 계층 간의 엄청난 격차를 보여주려는 듯 끝도 없는 계단을 가족들이 내려오는 사이 쏟아져 내린 빗물은 가족들의 발걸음보다 더 빠르게 아래로 아래로 내려갔다. 재난의 강물은 언제나 한 사회의 가장 낮은 곳, 어두운 곳, 소외된 곳으로 흐른다.

코로나 바이러스로 인한 국내 첫 사망자는 경상북도 최남단 인구 4만 3,000명의 작은 군에 있는 병원에 20년 넘게 입원해 있던 63세 남성분이었다. 노인병원과 정신병원

등 평소 별다른 관심의 눈길을 받지 못했던 시설에 수용된 사회적 약자들의 사망 소식이 줄을 이었다.

장애인 거주시설 중 68%에서 코로나 집단감염이 발생했지만 보건복지부 '장애인거주시설 집단감염 대응 한시 지원 사업' 실집행률은 0.2%에 불과했다는 조사도 있었다. 모두에게 차별 없이 찾아온 코로나19 바이러스 같지만, 그 재난을 더 힘겹게 겪어낸 건 사회적 약자들이었다.

코로나19가 한참 유행하던 당시 많은 발달장애인 부모들은 하루라도 빨리 백신을 맞으려고 '클릭 전쟁'을 했다. 선착순으로 마감되는 잔여백신 알람을 놓치지 않기 위해 휴대전화 잠금화면까지 풀어놓았다는 부모님도 계시다. 잠금화면 푸는 그 몇 초간의 시간도 아끼기 위해서였다.

면역이 약한 노년층도 아닌데 이토록 백신을 맞기 위해 노력한 건 발달장애 자녀들 때문이었다. 혹시라도 자신들이 감염되어 자녀에게 옮길 가능성을 차단해야 하기 때문이다. 만약 아이에게 증상이 보여 검사를 해야 한다면, 검체 채취를 위해 코 안쪽 깊숙이 면봉을 찌르는 그 과정을 아이가 받아들일 수 있을지, 혹시라도 코로나에 걸린다면 수액주사 맞는 것조차 힘든 아이들이 치료를 제대로 받을 수 있을지, 코로나 걸린 발달장애인을 받아줄 병원이 있을지에 대한 걱정이 코로나 바이러스 자체에 대한 공포보다 컸다.

의사소통이 잘 되지 않는 발달장애인의 경우 피검사를 위해 바늘 하나를 꽂으려 해도 의사와 간호사, 거기에 부모까지 매달려 붙잡아야 하는 일이 많다. 상처가 심해 꿰매야 할 때면 그냥 전신마취를 하자고 의사에게 말하는 부모도 있다. 몸부림치는 아이를 상대로 진찰과 처치를 하는 일이 쉽지 않다는 걸 경험해봤기 때문이다. 이러다 보니 일반 병원에서는 진료를 거부당하는 일도 허다하다.

게다가 몸이 아파도 아프다는 표현조차 잘하지 못한다. 좋아하는 메뉴를 차려줘도 밥을 먹지 않는 모습을 보고서야 겨우 아이가 코로나가 아닌가 의심하고 검사를 받았다는 엄마도 있었다. 맹장염이 심각한 상태였는데 위급한 상황이 되어서야 병원에 갔다는 아이도 있었다.

발달장애인은 선천적으로 신체기관의 이상이나 기형을 가진 경우가 적지 않다. 특별한 이상이 없어도 기능적으로 약한 기관들도 많다. 따라서 평생을 두고 꾸준한 치료와 훈련이 필요하다. 그러나 현실은 치과에 한번 가려 해도 발달장애인을 받아주는 곳이 없어 몇 달 전에 미리 예약을 하고 먼 곳으로 원정을 가야 한다. 발달장애인거점병원이 필요한 이유다.

발달장애인거점병원은 발달장애인이 주로 이용하는 진료과목 간 협진 체계를 구축해 의료서비스를 효율적·체계적으로 제공하고, 자해·타해 등 행동문제를 치료하기 위해 복지부가 지정하는 의료기관이다. 발달장애인의 특성과 욕구에 맞는 다양한 의료지원 시스템을 갖추고 있다. 도전적인 행동을 치료하고 상황에 따라 약물과 입원치료를 병행한다. 발달장애인이 내원 시 진료 코디네이터가 일정과 협진 등을 의뢰해 편의를 제공하고 도전 행동 중재 과정에서 발견된 질환에 대한 원활한 치료를 지원한다. 또 의료기관, 학회, 현장 등과 연계하여 치료 지침을 개발하고 특수학교 교사·장애인 복지시설 종사자·가족 등을 위한 연구 교육의 기능도 담당하고 있다.

보건복지부는 2016년부터 거점병원을 지정하고 있고 2022년 기준 10곳의 병원이 운영 중이다. 하지만 현재 전국 17개 광역지자체 중 제주, 대구, 광주, 대전, 울산, 세종, 충남, 경북, 전남 등 9곳에 거점병원이 없는 상황이다.

수요(발달장애인)에 비해 공급(거점병원)이 턱없이 부족하다 보니 치료 예약 후 1년 넘게 대기하는 일은 예사다. (한양대병원·전북대병원 365일, 충북대병원 360일). 예약이 어려우니 발달장애인과 부모님은 여러 지역의 병원에 진료를 신청한다. 중복되는 예약으로 대기인원이 많아지고 다시 대기기간이 늘어나는 악순환이 반복되는 실정이다.

오랜 기다림 끝에 연락이 오면 거주지가 아닌 다른 지자체 거점병원으로 '원정 치료'를 떠나는 경우도 많다. 2022년 거점병원을 이용한 발달장애인 3명 중 1명(32.3%)이 주민등록상 거주지 외 타 지역 거점병원을 찾았다.* 제주도에 사는 15명의 발달장애인은 치료를 위해 바다를 건너야 했다.

문제는 이 치료가 한 번으로 끝나지 않는다는 것이다. 발달장애인의 도전 행동 치료를 위해서는 장기간 주기적인 병원 방문이 필요하다. 장거리를 이동하는 일 자체가 어려운 발달장애인에게 지속적인 중증행동문제 치료는 그야말로 '그림의 떡'이다.

2023년 2월 발달장애인 의료 인프라 강화를 위한 '발달

---

* 보건복지부 '2021년 거점병원별 발달장애인 이용자 현황'

장애인 권리보장 및 지원에 관한 법률' 개정안을 대표 발의했다. 광역지자체마다 1개소 이상의 발달장애거점병원이 의무적으로 설치되어야 한다는 내용의 법안이다. 발달장애인이 어디에 살든 양질의 의료서비스를 받을 수 있어야 한다. 이동이 어려워서, 기다림에 지쳐서, 치료를 포기하는 일은 사라져야 한다. 국민의 건강을 지키는 일은 국가의 기본적인 책임이다.

성인 발달장애인의 건강권만큼이나 장애 아동의 건강한 성장을 위한 인프라 확충도 중요하다. 지난 2020년 7월 '어린이 재활난민'을 막는 장애인 건강권법도 대표발의했다.

장애 아동 환자의 경우, 질병이나 장애의 치료·재활에 있어 성장단계와 장애유형에 따른 장기간의 추적 관찰이 필요하다. 그런데 2020년 기준 재활치료가 필요한 전국의 아동 약 29만 명 중 재활치료를 받는 아동은 1만 9천여 명으로 6.7%에 불과했다. 전체 3만 5,913곳의 의료기관 중 19세 미만 아동을 대상으로 50회 이상 전문 재활치료가 이뤄진 의료기관은 단 182곳으로 0.5%에 지나지 않으며 이마저도 서울과 경기 등 수도권에 46%나 집중되어 있었다.

거주지 가까이에 병원이 없다 보니 아이의 치료를 위해 가족이 뿔뿔이 흩어져서 살기도 한다. 부모님 중 한 분이 아이를 데리고 서울이나 수도권 병원 가까운 곳으로 이동해 여관을 집 삼아 그곳에서 먹고 자며 지내는 것이다. 이른바 재활난민과 기러기 가족이다. 사라져야 할 너무도 가슴 아픈 단어다.

문제 해결을 위해 문재인 정부에서는 장애 아동이 사는 지역에서 치료를 받을 수 있도록 권역별 공공어린이재활병원 및 센터 건립을 국정과제로 추진했다. 하지만 어린이 재활치료의 특성상 구조적 운영적자가 예상되는 탓에 지자체 및 의료기관의 건립 공모가 원활하게 이루어지지 못하는 상황이었다.

이에 개정안을 통해 장애아동에 대한 전문 재활치료 제공의 책임이 국가와 지방자치단체에 있음을 명확히 하고, 현실적으로 양질의 치료가 제공될 수 있도록 예산을 지원할 수 있도록 명시했다.

그 결과 2020년 12월, 장애인 건강권법 개정안이 국회 본회의를 통과해 공공어린이재활병원의 지정과 운영비 지원의 법적 근거가 마련됐다. 권역별 공공어린이재활병원

건립추진을 위한 의원모임도 만들었다.

사단법인 토닥토닥·대한물리치료사협회·대한작업치료사협회·한국장애인부모회·제대로 된 공공어린이재활병원을 위한 전국시민TF연대에서 공로패도 주셨다. 누군가의 삶에 진짜 힘이 되는 변화를 이끌어낸 든든한 정치로 한 걸음 나아간 듯해 마음이 벅찼다. 그러나 정권이 바뀌면서 약자를 위한 복지예산이 삭감되기 시작했다.

윤석열 정부는 2023년 공공어린이재활병원운영을 위한 인건비를 전액 삭감했다. 약자복지를 한다면서 가장 약하고 소외된 이들에 대한 예산부터 줄인 것이다. 있어서도 안 되고 있을 수도 없는 일이다. 국회 예산결산특별위원회 위원으로서 경제부총리에게 증액을 요구했고, 국회 심사과정에서 다시 예산을 확보할 수 있었다.

멈출 수 없었다. 2023년 6월 '제대로 된 공공어린이재활병원을 위한 전국 시민TF연대' 대표님들과 간담회를 다시 시작했다. 재활난민 가족들에게 희망의 등불 같은 공공어린이재활병원은 차질 없이 건립되고 운영될 수 있어야 한다. 미뤄둘 수 없는 과제다.

우리 모두는 법 앞에 평등해야 한다. 더 구체적으로 말해 우리 모두는 법 앞에 '평등하게' 건강해야 한다. 필요한 사람이라면 누구든 어디서든 치료받을 수 있어야 한다. 누구나 기본적으로 누려야 하는 권리다. 지난 3년간 그래왔듯 앞으로도 끊임없이 외칠 것이다. 발달장애인도, 장애 아동도, 또 그 어떤 사람도 차별 없는 공공의료서비스를 받게 될 때까지.

장애인 부모도
행복한 할머니가 되는 꿈

장애친화산부인과 지원 강화

"엄마, 나 수술자국 예뻐졌어? 등 파인 거 입어도 안 보일까?"

휘어진 척추를 바로 세우는 수술을 한 뒤 딸은 자꾸만 수술자국이 보이지 않는지 물었다.

"응. 옅어졌어."

"괜찮은 거 같아."

"옅어졌다니까."

하도 수시로 물어보는 통에 같은 대답을 여러 번 해주다가 갑자기 궁금해졌다. 수술을 처음 한 것도 아닌데 이번에만 유독 수술자국에 예민해진 이유가.

"근데 수술자국 왜 자꾸 물어보는 거야?"

그냥 예뻐졌나 궁금해서란다. 은근슬쩍 말을 흐리는 게 수상하다. 그러다 갑자기 "근데 오빠가 나 귀엽대."라며 갑자기 오빠 이야기를 시작한다. 한창 연애에 빠진 딸아이는 연애 너머의 다른 일을 상상하고 있는 것이다. 웨딩드레스를 입고 식장에 들어가는 일.

아이가 스무 살 성인이 된 이후 멀게만 느꼈던 결혼이라는 단어가 조금씩 현실감 있게 다가오기 시작했다. 평생 반려자를 만나 함께 살아가면 좋을 텐데. 그러면 내가 세상을 떠나도 혼자 남을 아이 걱정을 하지 않아도 될 텐데 싶었다. 하지만 한편으로는 결혼을 해도 될까. 부모 도움 없이도 두 사람이 잘살아갈 수 있을까. 비장애인도 결혼생활의 힘겨움을 토로하는데, 다른 이와 함께 살면서 상처받는 일이 더 많은 거 아닐까. 고민만 깊어졌다.

미국에서 박사학위를 받을 때 나의 지도교수님에게도 지적장애가 있는 아들이 있었다. 그러다 보니 논문주제만큼이나 더 자주 자녀에 대한 이야기를 나누었다. 교수님도 나처럼 발달장애가 있는 아들을 키우면서 공부했기에 공감할 수 있는 부분이 많았다. 한편으로 우리 아이와 비교해 부러운 부분도 있었다.

나보다 서너 살 정도 많은 교수님 아들은 지역의 규모 있는 보험사에 다녔다. 사무실 정리와 환경미화가 주된 업무였는데, 특유의 성실함으로 결근도 지각도 없었다며 교수님은 늘 자랑스러워했다. 좋은 직장인데다 장애인이어서 고용도 보장되어 있으니 이제는 좋은 사람 만나서 사랑하고 사랑받으며 남은 인생을 살아갔으면 좋겠다고 자주 말씀하셨다. 당신은 이미 할머니가 될 마음의 준비가 돼 있다고도.

"만약 아드님이 아이를 낳으면 누가 키워요?" 하고 여쭤보니 교수님은 별 고민 없이 "음, 지역사회와 국가?"라며 싱긋 웃었다. 내 기억에 그 순간만큼 부러웠던 적이 없었던 것 같다.

아마도 나뿐 아니라 모든 장애인 가족이 비슷한 생각을 할 것이다. 우리 자녀도 가족의 사랑과는 다른 로맨틱한 사랑을 할 수 있기를. 남녀가 만나 가정을 꾸리는 기쁨. 자녀를 키우면서 부모도 함께 성장하는 보람을 누릴 수 있기를 간절히 바랄 것이다. 그러나 이 바람이 이뤄지려면 먼저 해결해야 할 어려움들이 적지 않았다. 장애친화산부인과도 그중 하나다.

2020년 첫 국정감사를 준비하면서 정부의 지원 부족으로 많은 장애여성이 장애친화산부인과를 찾고도 적절한 진료 서비스를 받지 못하고 있다는 사실을 알게 됐다.

임신과 출산은 모든 여성에게 쉽지 않은 일이지만 장애인에게는 더 어려운 과정이다. 일단 진료를 받는 것부터가 만만치 않다. 휠체어를 타거나 몸이 불편한 장애인 임산부가 일반 산부인과를 방문하면 이동 자체가 쉽지 않다. 병원 내에 휠체어를 타고 이동하기 위한 공간이 부족하다. 분만이나 진료를 위해 이동을 할 때 역시 마찬가지다. 장애인용 유압식 운반카트와 이동식 리프트 같은 장애 특화 의료기기가 필요하다. 시각 장애인용 점자안내판이나 계단의 안전바처럼 지체·청각·시각장애 등 모든 장애 특성별 맞춤 시설 구축도 필수다.

그러나 16만 여성장애인이 있는 서울에서도 제대로 시설을 갖춘 장애친화산부인과를 만나기가 쉽지 않은 것이 현실이었다. 혹 있다 해도 정부와 지자체가 각기 다른 기준과 내용으로 장애친화산부인과를 지정하고 지원하다 보니 의료시설과 진료환경의 격차가 컸다.

지난 2018년 국립중앙의료원의 장애친화산부인과 연

구보고서를 보면 장애여성의 약 34%가 적절한 진료나 치료를 받지 못해 유산이나 사산의 고통을 겪었다. 비장애인 여성보다 10%가량 높은 수치다.

국민건강보험공단의 여성장애인 출산 현황을 보면 출산율도 감소하고 있다. 2018년 1,482명이었는데 2021년엔 828명으로 줄었다. 3년 새 출산율이 44%가량이나 줄었다. 전체 출산율과 비교해도 감소 폭이 크다. 다양한 원인이 있겠지만 장애인의 임신과 출산을 전문적으로 지원할 산부인과의 부재가 적지 않은 영향을 미쳤을 것이다.

몇 년 전 한 장애인시설 여성의 절반 이상이 불임수술을 해 언론이 대서특필한 적이 있었다. 부모가 딸을 설득해 불임수술에 동의하도록 한 것이다. 그런데 그 소식을 접했던 나도, 그리고 당시 여론도 반인권적이라며 비판하지 않았다. 아마도 비판을 하기엔 장애인의 출산과 육아에 관한 우리의 현실이 너무도 열악하다는 것을 알고 있었기 때문일 것이다.

인도네시아의 발리에는 아기가 태어나면 6개월 동안은 아이의 발이 땅에 닿지 않도록 안아가며 키우는 전통이 있었다고 한다. 아이를 하늘에서 내려온 신으로 여기기 때문이라고 했다. 한 생명의 탄생과 육아에 얼마나 많은 배려와 노력이 함께 했는지 짐작할 수 있는 이야기다.

비장애인의 출산이든 장애인의 출산이든 소중한 생명을 낳고 키우는 데는 가족뿐 아니라 사회 전체의 지원이 중요하다. 오죽하면 아이 하나를 키우는 데 온 마을이 필요하다는 말이 있을까. 낳는 것도 어렵지만 그보다 더 힘든 일이 가르치고 키우는 일이기에 교육의 문제뿐 아니라 학령기 이후의 삶과 독립적 생활을 위한 사회적 지원 방안까지 마련되어야 할 것이다.

2023년 2월 대표발의한 장애친화산부인과의 법적 근거를 마련하는 '장애인 건강권법 개정안'이 본회의를 통과했다. 장애친화산부인과 지정 사업의 안정적이고 지속적인 추진을 위하여 보건복지부 장관 또는 시·도지사가 장애친화산부인과 운영 의료기관을 지정할 수 있도록 법을 개정한 것이다. 이를 통해 장애친화산부인과 사업의 지정 주체에 따른 의료서비스 격차와 지역 간 인프라 편차 문제가 해소될 것으로 기대한다.

언제나 그렇듯 법안 통과는 끝이 아니라 시작이다. 장애친화산부인과 사업의 질적 향상과 촘촘한 인프라 구축을 위하여 해야 할 일들이 아직도 너무나 많다. 하지만 이 첫 걸음이 지속적으로 이어진다면 발달장애인을 비롯한 모든 장애인이 결혼과 출산을 자유롭게 선택할 수 있는 세상도 오지 않을까.

장애인 부부가 엄마와 아빠가 될 준비를 하고, 장애인의 부모가 할머니와 할아버지가 될 날을 기다리며 설렐 수 있는 사회, 쉽지 않지만 우리가 꼭 만들어가야 할 곳이다.

잊을 수 없는 뒷모습

생애주기별 복지서비스 구축

어느 날 내 의정활동을 기록한 사진을 보다가 문득 깨달았다. 유난히 아이들에게 인사하는 사진이 많다는 걸, 특히 그 사진 속에서 나는 정말 활짝 미소 짓고 있었다. 아이들만 보면 자연스럽게 웃음이 나오고 어린 아가를 보면 안아보고 싶어진다.

　꽃 중의 꽃은 사람 꽃이라는 말씀처럼 이제 막 걸음마를 뗀 아가들이 엄마에게 뒤뚱뒤뚱 달려가 안기는 모습은 너무도 예쁘다. 저절로 미소가 지어진다. 어린 내 딸이 나를 보고 반갑게 달려와 와락 안기던 순간, 그 충만함과 따뜻함은 지금도 잊을 수 없다. 아침에 보고 저녁에 다시 만나는 것인데도 어떻게 그렇게 온 마음으로 반겨줄 수 있는

지, 순도 100%의 애정이 있다면 딸이 내게 보이는 사랑이 아닐까 생각할 때가 많다.

그런데 그토록 엄마를 기다리고 반기는 딸을 만나기까지 나에게는 해야 할 일들이 너무 많았다. 공부와 육아를 병행하던 시절, 새벽 5시나 6시쯤 일어나면 잠시 멍할 시간도 없이 하루 일과를 시작했다. 지난밤 피로에 지쳐 마치지 못한 페이퍼를 마저 작성하고 미처 보지 못한 논문을 읽고는 아이를 깨워 밥을 먹이고 옷을 챙겨 입혔다. 아이를 내려주고 학교에 가려면 잠시도 지체할 여유가 없었다. 바쁜 엄마 때문에 아이는 프리스쿨에 가장 먼저 등교하는 아이였다. 적막만이 가득한 온기 없는 교실에 아이를 놓고 뒤돌아섰다. 미안한 마음도 잠시, 그때부터 나는 오늘 해야 할 일들을 머릿속으로 정리했다. 하나하나 어긋나지 않게 제대로 맞춰 끝내야 아이 픽업시간을 맞출 수 있다. 자주 점심도 건너 뛰어가며 하루를 보냈다. 일과를 마치고 나면 다시 엄마로서 출근해야 할 시간이었다.

프리스쿨 문을 열고 들어가 이름을 부르면 친구들이 다 가버린 고요한 공간에서 뛰어나오던 아이. 엄마가 늦게 왔어도 환한 얼굴로 두 팔을 벌린 채 나를 향해 걸어왔다. 아이와 단 둘이 사는 것이 참 고단한 날들이 많았는데 내가 버틸 수 있었던 건 마치 비타민 같던 딸아이의 포옹 덕분이 아니었을까.

그 시절의 어느 날이었다. 매일 5시 반이 되어서야, 친구들이 다 가고 나서야 픽업을 가던 내가 그날은 운 좋게도 4시에 일과가 마무리됐다. '얼마나 좋아할까?' 마음 설레며 프리스쿨의 문을 열었다. 딸랑 문 열리는 소리가 들리자 한창 놀고 있던 아이들이 일제히 고개를 돌렸다. '우리 엄마가 왔나?' 20여 개의 맑은 눈동자가 나를 향했다. 그런데 딱 한 명만 돌아보지 않았다. 홀로 장난감만 만지작거리고 있던 그 애처로워 보이던 작은 등, 내 딸이었다. 단 한 번도 엄마가 일찍 온 적이 없기에, 친구들이 다 가고 나야 만날 수 있는 엄마였기에, 기대조차 하지 않았던 것이다.

"엄마 왔어!"

그제서야 딸아이가 뒤를 돌아봤다. 나를 보면서도 이게 현실인가 싶은, 잠에서 막 깬 듯 멍한 눈빛이었다. 너무도 일찍 자신을 찾으러 온 엄마가 믿기질 않았나 보다. 잠시 정적이 흐르고 '아, 엄마다!' 인식하는 순간 원래의 내 딸로 돌아왔다. 악~ 소리를 지르며 마음처럼 빠르지 못한 걸음으로 달음박질치던 그날 아이는 친구들에게 의기양양하게 작별인사를 건네고 나의 손을 꼭 잡고 집으로 왔다.

벌써 십수 년 세월이 지난 일인데도 눈을 감으면 그때 아이의 뒷모습이 눈에 선하다. 혹시 엄마가 아닐까, 기대조차 하지 못한 채 웅크리고 있던 그 작은 등, 그 시절로 돌아갈 수 있다면 아이를 부르기 전에 와락 먼저 안아주고 싶다. 네 등 뒤에 언제나 엄마가 있다고.

두고두고 떠오르는 이 같은 추억은 내게만 있는 특별한 경험이 아닐 것이다. 아이를 데리러 갈 시간이 되어가는데 갑작스레 업무지시가 내려와 친정어머니께, 아이의 친구 엄마에게 급하게 도움을 청해보지 않은 부모가 있을까. 직장에서는 직장에서 대로 칼퇴근한다고 눈치 보고, 어린이집이며 유치원에서는 또 가장 늦게 데리러 가는 학부모가 되어 하원할 때마다 '감사하고 죄송하다' 인사를 건네고 돌아서는 엄마와 아빠들은 또 얼마나 많을까. 그사이 내 딸아이처럼 해가 저물고 친구들이 다 돌아간 교실에서 블록만 만지작거리며 기다림의 고단함을 견뎌내는 그 '작은 등'은 또 얼마나 많을까.

2022년 한국 출생아는 24만 9,000명, 사망자는 37만 2,000명으로 합계출산율은 0.78명을 기록하고 있다. 4년 연속 0명대 출산율이다. 2025년이면 인구의 20%가 65세 이상인 초고령사회로 진입할 전망이다.

초고령화·초저출생 현상은 누구나 인정하는 우리가 처한 가장 어려운 과제다. 아기 울음소리를 듣기 어렵다는 지자체도 너무나 많고, 자신이 사는 아파트에서 어린 아기들을 거의 보지 못하는 경우가 더 많다.

출생률을 높이기 위한 다양한 정책들과 물적 지원은 이어지고 있다. 그러나 직장맘의 육아가 여전히 일work과 삶life 중 양자택일을 해야만 하는 문제가 되는 이상 이는 요원하다. 주변의 직장맘들을 보면 어린이집을 보낼 때만 해도 경력을 이어가다가 초등학교 입학과 맞물려 일을 그만두는 사례가 허다하다. 어린이집은 오후 6시까지 돌봐주는 시스템이 마련되어 있지만 초등학교 1학년이 되면 오후 1시 이전에 수업이 끝나는 경우가 많기 때문이다. 방과후 수업이 있지만 엄마와 아빠의 퇴근시간까지 맞추기 쉽지 않다. 결국 조금 더 늦게 아이를 데리러 가려면 학교에 적응하기도 힘든 여덟 살 아이를 이 학원 저 학원에 보내는 방법을 찾게 된다. 이런 환경에서 출산율을 높일 수 있을까. 아이를 마음 놓고 맡길 수 있는 완벽한 돌봄서비스 없이는 어려운 일이다.

아이가 조금 더 자라 청소년기에 접어들 때 역시 부모의 부담이 크지 않도록 하는 돌봄 지원이 필요하다. 아이가 어릴 때는 육아에 바쁘던 부모들이 아이가 중고등학교에 입학할 즈음이면 사교육비에 허리가 휜다. 초등학교 입학과 함께 어쩔 수 없이 직장을 그만두었던 엄마들이 다시 파트타임 일자리라도 찾아보려 애쓰는 시기가 이때다. 아동수당 지급 대상의 확대가 필요하다. 2020년 만 13세와 만 16세 때 아동수당을 추가로 지급하는 '디딤돌 아동수당법'을 대표발의했다. 당장 재원 마련이 쉽지 않아 중고등학교 입학시기에 맞춘 수당을 제안했지만 장기적으로는 18세 미만까지 아동수당 지급 대상을 확대해야 한다는 생각이다.

부모가 온 힘을 다해 뒷바라지해서 이제 독립할 나이가 되면 청년들이 맞닥뜨리는 현실 또한 만만치 않다. 비싼 등록금 내고 대학을 졸업해도 취업은 요원하다. 겨우 취업의 문을 뚫어도 치솟는 집값과 오르는 물가에 결혼을 꿈꾸기 쉽지 않다. 머지않아 우리 사회의 주축이 될 미래세대들이 자신의 꿈을 펼치기도 전에 좌절하고 절망한다.

부모는 부모대로 힘겹다. 겨우 육아라는 큰 숙제를 마치고 나면 이제 길어진 노후에 대한 불안과 부담이 무겁게 다가온다. 게다가 늙어가시는 부모님에 대한 봉양의 부담까지 짊어져야 하는 게 보통이다.

요즘 '마처세대'라는 말이 유행이다. 지금의 50대, 60년대생들은 부모는 봉양해야 하지만 자식의 부양은 기대할 수 없다. 부모님 노후를 책임지는 '마'지막 세대이자 자식의 돌봄은 바랄 수 없는 '처'음 세대라 마처 세대란다. 참으로 씁쓸한 신조어다. 인생이 축제일 순 없지만 내내 무거운 숙제 같기만 하다는 것이 가슴 아프다.

아이를 키우는 일이나 어르신을 살피는 일 같은 돌봄의 문제를 우리는 지금까지 가족의 문제로 여겨왔다. 돌봄은 주로 가정에서 여성과 어머니가 도맡아서 하는 일로 여겼고 심지어 그 가치도 제대로 평가받지 못했다. 그러나 돌봄은 단지 가족만의 과제가 아니다. 사회 전체가 어린아이를 잘 키우고 어르신을 보살피고 약자들을 돌볼 수 있어야 우리 모두의 삶의 질이 나아질 수 있다. 서로가 서로를 돌보고 살필 때 어느 한 사람도 사회에서 소외되지 않고 홀로 외로움에 떨지 않고 안정적인 인생을 영유할 수 있다.

초선으로 국회에 들어와 보낸 지난 3년 아동, 청소년, 청년, 중장년, 노년으로 이어지는 삶의 고비마다 생애주기별 그리고 생애과정별 복지서비스가 충분히 제공될 수 있도록 씨실과 날실을 엮는 정책과 입법을 고민해왔다. 돌봄의 부담을 사회가 나눠 안는 돌봄공동체도 중요한 화두였다. 지역사회 통합돌봄 확대를 위한 주거약자법 개정안도 이런 고민에서 발의하게 됐다.

지역사회 통합돌봄은 돌봄이 필요한 고령자, 장애인, 노숙자 등 사회적 약자들이 다양한 서비스를 받기 위해 이사하지 않아도 되는, 자신이 살던 곳에서 주거부터 보건의료, 요양, 또 일상 속 다양한 복지서비스를 받을 수 있도록 지원하는 지역주도형 사회서비스 정책이다.

그동안 돌봄이 필요한 취약계층은 병원이나 시설에 장기 입원하거나 입소하는 경우가 대부분이었다. 그러나 2025년 초고령 사회 진입을 앞두고 기존의 돌봄 인프라와 서비스로는 수요를 충족하기 어려울 것이라는 지적이 있었다. 또 불필요한 사회적 입원과 원치 않는 시설 입소가 아닌 다른 선택지, 개인의 욕구를 존중하여 평소 살던 지역사회에서 살아갈 수 있도록 국가적·사회적 여건을 조성해달라는 요구가 지속적으로 제기되어왔다.

2021년 대표발의한 「장애인·고령자 등 주거약자 지원에 관한 법률」 개정안은 지역사회통합돌봄의 전국적 확대와 안정적 추진의 선결조건이 되는 주거지원 인프라 확충을 위한 법적 근거를 담고 있다. 주거약자 대상 확대, 지원주택 공급 및 개조, 주거유지 지원서비스 제공 의무화, 지원서비스 제공기관 설치 및 운영 등이 주요 내용이다.

이 정책들이 제대로 추진되어 노인, 장애인, 정신질환자 등 돌봄이 필요한 사회적 약자가 자신이 살던 곳에서 필요한 돌봄을 받게 된다면 돌봄을 받는 사람의 정서적 안정과 만족도도 높아지고 부양가족들의 부담을 덜 수 있을 것이다. 나아가 지역 곳곳에 사회적 일자리를 창출하는 동시에 불필요한 치료비와 입원비 등 사회·경제적 비용 역시 절감할 수 있게 된다.

아직은 가야 할 길이 멀지만 정책이 조금씩 실현되면서 그 수혜를 받은 분도 만났다. 실제로 낙상으로 하반신 마비가 된 독거 장애어르신이 지역사회 통합돌봄 서비스를 통해 안전장치가 설치된 영구임대주택에 입주하고 가정간 호사와 물리치료사의 방문치료를 받으면서 활기를 되찾았 다는 소식이었다. 내가 사는 곳에서 이사하지 않고 돌봄의 지원을 받는 일이 하나의 이례적인 사례가 아니라, 우리 모두의 당연한 미래가 되어야 하지 않을까.

성인이 되면 취업 걱정, 취업이 되면 결혼 걱정, 결혼을 하고 아이를 낳으면 육아 걱정, 육아가 끝나면 봉양에 대 한 부담과 노후에 대한 불안으로 매일 매일을 밀린 숙제 하듯 시간을 살아내는 일은 얼마나 답답하고 막막한가. 돌 봄의 책임을 가정이 아닌 우리 사회로 돌려 사회 구성원들 이 미래에 대한 불안 없이 살아갈 수 있는 공동체를 만들 고 싶다. 우리의 평범한 일상을 지키는 따뜻한 정치로, 모 두를 품고 지키는 더 든든한 돌봄으로, 우리 모두가 행복 해지는 공동체로 나아가고 싶다. 미래에 대한 불안과 현재 의 행복은 언제나 반비례니까.

장애인만을 위한 정책?
우리 모두를 위한 투자

어릴 적 백과사전 보기를 좋아했던 영향일까? 요즘도 가끔 검색창에 우리가 흔히 아는 단어를 적어 사전적 의미를 찾아보기도 한다. 책을 쓰다가 문득 '국회의원이란 어떤 사람인가' 궁금해져서 사전을 찾아보았다.

한국민족문화대백과에 나온 국회의원의 정의는 '입법부이며 국민의 대표기관인 국회의 구성원'이라 되어 있다. 조금 더 쉬운 풀이로 '국민에 의해 선출된 국민의 대표'라는 뜻이 나온다.

"모든 국민이 국가의 일을 결정하는 데 직접 참여하기는 어려우니 국민의 대표가 되어 국가의 일에 참여하는 국회의원을 뽑는다."는 설명이다. 그런데 가장 중요한 내용이

빠졌다는 생각이 들었다. 국회의원이 무엇을 위해 일하는 사람인가 하는 것이다. '정의'보다 중요한 것은 바로 '목적'이다. 국회의원은 국민의 대표이기도 하지만 '국민의 일꾼'으로 일해야 할 책임과 의무를 가진 사람이다. 입법을 통해 국민 행복과 안녕을 지키는 것, 많은 국민들이 생각하시는 국회의원의 목적과 역할이 아닐까.

국민은 많이 배우고 많이 가진 나름의 영향력을 가진 사람들만을 의미하지 않는다. 사회에서 소외되고 상대적으로 열악한 상황에 놓인 사람들도 모두 국민이다.

국회에 들어온 이후 발달장애인을 비롯, 자립준비청년과 학대받는 아동, 치매와 질병 등으로 위기에 처한 어르신들까지 사회적 약자들을 위한 법안을 발의해왔다. 어린이 재활난민 문제 해결하는 장애인건강권 개정안 입법과 자립준비청년 홀로서기 지원관련 입법 성과를 인정받아 2년 연속 대한민국 국회 의정활동 대상도 수상했다. 첫발을 뗐을 뿐인데 그 시작을 응원해주신 것이라 생각한다.

여전히 사회적 약자를 위한 정책과 예산을 두고 과도한 지출이라고, 또 그저 인기를 얻기 위한 포퓰리즘이라고 비난하시는 분들도 있다. 과연 사회적 약자를 돕는 일이 단순히 주기만 하는 선심성 정책일까?

발달장애인이 살아갈 수 있는 사회를 만들기 위해 현장에 나가 이야기를 듣다 보면 발달장애인 한 사람을 돌보느라 그 가족 전체가 자신의 일상을 누리지 못하는 경우는 너무 흔하다. 반도체 분야의 전문인력으로 글로벌 기업에 스카웃 되어 해외에서 일을 하던 한 가장은 아이의 발달장애 때문에 한국으로 귀국했다. 대개 엄마들이 양육을 전담하지만 경우에 따라서는 아빠들까지 직업을 포기하고 전공과 무관한 일을 하며 생계를 꾸려가기도 한다. 재활치료를 받기 위해 엄마와 아이는 수도권에 머물고 아빠와 다른 가족들은 지방에 사는 가족들도 있다.

상황이 이렇다 보니 한 어머님은 말씀하셨다. 발달장애인을 체계적으로 돌보는 시스템만 생겨도 경제가 좋아질 수 있다고. 조금 비약일 수 있지만 발달장애인을 돌보기 위해 그 가족 전체가 포기해야 하는 일상과 감당해야 하는 사회적 비용을 생각하면 전혀 근거 없는 말씀이 아니다.

"아이들은 손톱처럼 자란다."는 말이 있다. 발달장애는 아무것도 할 수 없는 질환이 아니라 해당하는 나이에 이루어져야 할 발달이 성취되지 않은 상태, 그러니까 비장애인

대비 많이 더디고 많이 느리게 세상을 배우고 익히는 사람들이다. 눈에 보이지 않아도 손톱이며 머리카락이 매일매일 자라나 일주일 혹은 한 달 후면 부쩍 길어진 것처럼 보이듯 전문적이고 체계적인 교육과 지원이 뒷받침된다면 시일이 좀 오래 걸리더라도 스스로 자립할 수 있는 수준까지 성장할 수 있는 장애인들이 많다. 다만 비용과 시간이 필요할 뿐이다.

하지만 아이를 돌보느라 하던 일도 그만두는 부모들이 많은데 생계비 외에 교육비까지 부담하는 건 쉬운 일이 아니다. 게다가 24시간 돌봄이 필요한 발달장애의 경우 한 명 이상의 보호자가 말 그대로 24시간, 자는 시간 중에도 필요한 경우가 훨씬 많다.

현재 등록된 국내 장애인은 2022년 말 기준 265만 3,000명이다. 전체 인구의 5.2%를 차지하고 있다. 이 중 발달장애인의 숫자는 약 25만 명, 인구대비 0.5% 정도다. 장애유형의 연도별 추이를 살펴보면 지체장애는 감소세('11년 52.9% → '22년 44.3%)를 보이는 반면 발달장애('11년 7.2% → '22년 9.9%)는 증가하고 있다.*

* 2022 보건복지부 등록장애인 현황

점차 증가하고 있는 발달장애인을 돌보기 위해 경제활동, 사회활동을 포기한 가족들의 숫자는 얼마나 될까? 한 사람이 오롯이 돌봄을 담당한다고 봐도 최소 25만 명, 부모 외에 형제나 조부모들이 돕는 숫자까지 생각한다면 50만 명에 이른다는 단순 산수도 어렵지 않다. 돌봄이 이뤄지지 못해 경제활동은 물론 자신의 일상마저 포기당하고 있는 인구의 숫자가 이토록 많은 것이다.

만약 이 가족들이 발달장애인 돌봄에 매달리는 대신 자신의 전문성을 키우고 경력을 살릴 일을 할 수 있다면 어떨까. 돌봄에 비용이 든다지만 경제활동 인구, 생산 가능 인구가 늘어나는 효과에 삶의 질이 높아지는 효과까지 국민 행복지수를 높이는 디딤돌이 되지 않을까.

21세기 브라질의 부흥을 이끌었다고 평가받는 룰라 대통령은 '보우사 파밀리에Bolsa Familia'라는 빈곤층의 교육과 기초적인 생활을 보장해주는 지원금 정책을 시작했다. 그의 복지를 두고 실효성 없는 현금지원이니, 선심성 정책이라는 비판도 많았다. 그러나 보우사 파밀리에를 통해 빈민층이 기본적인 삶을 영위하게 되고 자립을 위한 기반을 마련하게 되자 중산층이 두터워졌고 내수 경기가 살아나 경제활성화에 도움을 주었다. 룰라 대통령의 집권기 브라질은 GDP 규모로 세계 7위권까지 올라서기도 했다. 퇴임 이후 정치검찰의 수사로 감옥까지 가는 고초를 겪었지만 올해 또다시 룰라가 브라질 대통령으로 당선된 건 그의 정책이 국민들의 삶에 긍정적 영향을 준 덕분이었을 것이다. 자신의 복지 지원을 두고 비난하는 이들을 향해 룰라 대통령은 말했다. "왜 부자들을 돕는 것은 투자라고 하고, 가난한 이들을 돕는 것은 비용이라고만 말하는가?"

사회적 약자라는 말을 쓸 때 우리는 종종 그 약자들을 나와는 다른 사람이라고 생각하기도 한다. 그러나 우리 모두는 어떤 면에서는 약자이기도 하고, 소수자이기도 하며, 언젠가 나이를 먹고 늙어 보살핌이 필요한 날을 맞게 된다. 길어진 인생, 누군가의 손길이 필요한 노후가 나의 일은 아니라고 그 누가 장담할 수 있을까.

요즘도 흔하게 볼 수 있는 구부러진 빨대나 저상버스는 장애인을 위해 만들어졌던 것들이다. 그러나 지금은 우리 모두가 편리하게 사용한다. 누군가의 어려움을 덜어주기 위해 만든 것들이 사회 구성원 전체에게 편리함을 제공한 것이다. 사회에서 소외된 이들, 상대적으로 열악한 상황에 놓인 이들을 배려하고 그들과 함께 가는 것은 그들만을 위한 복지가 아니라 더 포용적인 사회, 모두가 함께 행복한 사회를 위한 마중물이다.

2020년 당선 직후 한 언론과의 인터뷰에서 '의원은 입법노동자'라고 규정했던 것을 기억한다.

국회의원은 국민에게 한시적으로 권한을 부여받아 법을 만드는 노동자다. 중요한 건 막중한 영향력을 가지고 있는 노동자라는 것이다. 내가 국회에서 보내는 하루하루의 시간이, 또 한마디 한마디 말이 국민의 삶에 미치는 실질적 영향과 파장이 크다. 작업일지를 쓰듯 그날의 일과를 돌아보는 습관이 생긴 이유이기도 하다.

오늘도 국회로 출근한다. 여전히 해결해야 할 일들은 많고 나의 힘이 부족하다고 느껴지는 순간도 많다. 그러나 마중물을 한 번 두 번 열심히 붓다 보면 서로가 서로의 든든한 보호자가 되는 따뜻하고도 효율적인 돌봄 공동체가 우리의 일상이 될 날이 곧 오지 않을까. 국회에서 일하며 국민을 고용주로 모신 입법노동자 강선우가 가장 바라는 성과급, 바로 따뜻한 돌봄국가 대한민국이다.

엄마, 심장 따라서 가!
입법노동자 강선우가 꿈꾸는
모두의 내일

강선우 지음

ⓒ 강선우, 2023

초판 1쇄 2023년 9월 4일 인쇄
초판 1쇄 2020년 9월 11일 발행

ISBN 979-11-5706-302-4 (03810)

만든사람들

기획편집	배소라
책임편집	이병렬
디자인	올디자인
홍보 마케팅	최재희 신재철 김예리
인쇄	천광인쇄사

펴낸이	김현종
펴낸곳	(주)메디치미디어
경영지원	이도형 이민주 김도원
등록일	2008년 8월 20일 제300-2008-76호
주소	서울시 중구 중림로7길 4, 3층
전화	02-735-3308
팩스	02-735-3309
이메일	editor@medicimedia.co.kr
페이스북	facebook.com/medicimedia
인스타그램	@medicimedia
홈페이지	www.medicimedia.co.kr